陪伴

陈权 著

北方联合出版传媒（集团）股份有限公司

万卷出版有限责任公司

ⓒ 陈 权 2024

图书在版编目（CIP）数据

陪伴 / 陈权著. — 沈阳：万卷出版有限责任公司，
2024.1

ISBN 978-7-5470-6383-5

Ⅰ. ①陪… Ⅱ. ①陈… Ⅲ. ①散文集—中国—当代
Ⅳ. ①I267

中国国家版本馆CIP数据核字（2023）第199721号

出 品 人：王维良
出版发行：北方联合出版传媒（集团）股份有限公司
　　　　　万卷出版有限责任公司
　　　　　（地址：沈阳市和平区十一纬路29号　邮编：110003）
印 刷 者：辽宁新华印务有限公司
经 销 者：全国新华书店
幅面尺寸：160mm×230mm
字　　数：200千字
印　　张：16.5
出版时间：2024年1月第1版
印刷时间：2024年1月第1次印刷
责任编辑：姜佶睿
责任校对：张　莹
封面设计：徐春迎
版式设计：徐春迎
ISBN 978-7-5470-6383-5
定　　价：68.00元
联系电话：024-23284090
传　　真：024-23284448

引　言

2021 年 11 月 29 日，一个风雪交加的日子。就在那天下午，我九十五岁的母亲，带着不舍和牵挂，无奈地终结了我有娘的时代。

知道了九十五岁这个年纪，或许你会觉得我母亲的身板很硬朗。其实不然，早在三十多年前，母亲就是我们居住那地方有名的三个"病秧子"之一。

母亲的生命出乎意料地顽强：在晚年，她忍着丧子之痛，经历过"失而复明"，闯过"三肿三消"，平息了多次"胃肠罢工"，历经了三十余次阴阳线上的"休克"……

邻居中，那些和母亲年纪相仿的老人早就陆续都走了，常年给母亲看病的中医大夫也有九人已驾鹤西去。

父亲在我十岁那年就去世了，而母亲给了我尽孝的机会。这些年和母亲在一起，开始时，我认为是自己在陪伴母亲；可后来，我的认知渐渐发生了变化，又感觉是母亲在陪伴我。

母亲就像是历尽沧桑而枝干嶙峋的菩提树，树上结了好多肉眼看不见但心能感受到的果子。现在我知道了，母亲能够长期忍着病痛的煎熬，蜡炬成灰般顽强地活着，就是为了把那些果子作为珍贵的礼物送给我。

母亲不是简单地把礼物直接给我，而是以独特的方式把礼物的种子播撒在我心里，还辅以阳光雨露，并陪着我潜移默化地体味、感受、孕育，使它无声无息地发芽长出。

如果你想知道我和母亲有着怎样的故事，以及母亲是以什么样的方式，给了我多么珍贵的礼物，那就请你静下心来，听我带着感觉——假如不介意的话，我也可能是噙着交集的泪——把那些沉淀在心中又时而澎湃的情感，慢慢地细说。

目录

时光悄悄地走了，
留下太阳和月亮。
太阳说离合的故事，
月亮诉圆缺之情感。

陪伴母亲的日常故事

　　我心中装着好多好多母亲的故事。这些故事就像一群孩子，时而安静地睡觉，时而调皮地玩耍，时而不停地哭闹……但更多的时候，还是围着我亲热地撒娇。现实生活中，父母能记住孩子的故事，而子女往往记不住父母的故事。亲爱的读者，如果和我有同感的话，请从现在开始记录父母的故事吧——这是人间最暖的亲情。

轮椅上的期盼

　　有一段时间，我在河堤边的人行道上，经常看到一个健康的中年人坐在轮椅上让九十六岁的老父亲推着。众人皆不解，而我眼前一亮，认为这简直是一道亮丽的风景线。奇思妙想啊！一是老人活动了；二是老人推着轮椅走，安全；三是老人推着儿子走，不仅能回想起当初的美好时光，还能感受到自己的价值，提升了老人的自信……一举多得呀。

　　我也希望能这样，但母亲已卧床了。

　　母亲不能自理后，她的世界改变了模样。在熟悉的屋里，在久卧的床上，母亲只能通过窗户感受外面的阳光。虽然有我们照料，衣食无忧，但如果天天是这样，那不就相当于住进了牢房？这样的日子，母亲寂寞，母亲无奈，母亲苦闷，母亲忧伤，她更清楚自己永远也没有再站起来的希望。在那段时间，母亲情绪烦躁，精神颓废，不住地叹息，默默地流泪。母亲曾无奈地对我说："求你给我弄点儿药，让我死了吧。这样，既不拖累你，我也不遭罪了。"生我养我的母亲说出如此绝望的话，令我感到了羞愧和自责。由此，我惊恐地意识到了母亲对生活已不再留恋，对长寿也不再渴望。

老人不能自理之后，往往生活的时间不长。我感觉有两种原因：一是因失能缺少必要的活动而导致器官功能快速地衰竭，二是因苍老和疾病织成了一张网，网住了寂寞，网住了忧伤，老人感受不到生活的乐趣而精神颓废、悲观绝望。这两种情况都不是器质性的病，但它俩都是引狼入室的"病饵"，很容易招来致命的恶疾，这可能是许多老人相对早逝的元凶。

这种情况来得突然，让我迷惘；这种现实必须改变，我在苦思冥想。

前些年买过录放机，那时母亲还勉强能自理，她每天都听评书，像《三国演义》《水浒传》《岳飞传》《杨家将》等，她都愿意听，听完还给我讲；我买了个大鱼缸，有水草，有灯光，有红金鱼，母亲每天都高兴地观赏；那时母亲也看电视，她喜欢戏曲节目和古装片……但现在，母亲早已眼花耳背，这些都不适用了。

我想到了轮椅，就试着用轮椅改变母亲。用轮椅推着母亲，开始时我也不很适应，还有些不好意思。而母亲也不让说她不能行走，只让说是受了点儿小伤。

推上轮椅，我渐渐发现了轮椅的奇妙：它带给母亲快乐，带给母亲期盼，带给母亲幸福，带给母亲安康。

给母亲梳完头、穿好衣服、抱上轮椅，推她出去的时候，我启发性地问："老娘干什么？"母亲就兴致勃勃地说："老娘出山喽。"我试探性地问："出山干什么？"母亲很得意地说："出山遛弯儿。"这是每次推母亲出去时我俩的开场白。

路上经常遇到熟人，老邻居见到母亲，有的拉着她的手喊"陈奶"，有的摸着她的脸叫"陈婶"，每当这个时候，母亲快乐得合不拢嘴。和散步的人互相打招呼后，母亲问我："他是谁？"我说："我不认识。"母亲疑惑地问："那他

怎么和你说话呢？"我说："他认识你，他问我你是不是于老师，我说是。他说你课讲得可好了。"在母亲点头的时候，我说："怎么认识你的人这么多呢？"母亲想了一想，说："我当过老师呗。"我说："对啦。"这样的话，我每天要重复多次，每次说完，母亲都流露出自豪的神情。我试着问母亲："以后他们再问你是不是于老师，我说不是行不？"她看着我有些不解地说："那你得实事求是呀。"母亲的心，我懂了。

广场上，不算太老的老年人在做健身操。我将母亲推到队伍的后边，把着她的胳膊，让她跟着音乐的节奏、看着别人的姿势学简单的动作。时间长了，母亲就可以自己跟着比画了。虽然胳膊僵硬笨拙动作也不规范，还显得很是吃力，但母亲愿意参与。做完操，有些老人就关切地围着母亲嘘寒问暖，虽然他们说的都是些客气的套话，但我发现这似乎使母亲找到了存在感，即使听不清她也高兴。在母亲心目中，她渐渐地融入了健身的队伍，成了队伍中的一员。

广场也是孩子的乐园，在那里，我把母亲抱上座椅式秋千，让她和孩子们一起悠闲地荡一荡，感受着如孩子般的快乐时光。我问："荡秋千好不？"母亲一边点头一边说："好。"我问："荡秋千有意思不？"母亲笑着说："有意思。"母亲还告诉我："小时候荡的秋千是用绳子拴在大树的斜枝上，底下放块木板，能坐着荡，也能站着荡，能一个人荡，

也能两个人一起荡。日本鬼子来之前，我经常和小姐一起荡，那时可有意思了……"荡秋千如穿越了时光隧道，母亲仿佛回到了快乐的童年。

路边的草地上，不知是谁家雪白的奶羊总在那散放。羊羔跪乳后，我把母亲推到羊身边。小羊那双圆而鼓、黑又亮，充满好奇的大眼睛很友好地注视着坐在轮椅上的母亲。它似有所思，又像感悟到了什么，不但不躲，反倒过来翘着晃动的小尾巴、伸长脖子很温顺地舔母亲。母亲爱怜地伸手抚摸着小羊的头说："羊是最善良的。"还学羊的叫声："咩——"

苏子河的岸边，牛妈妈悠闲地低头吃着翠绿的嫩草，小牛犊围着妈妈自由地撒欢儿。母亲告诉我："牛最勤劳，它的叫声是哞——"我也跟着学一声之后就陪母亲一起哈哈大笑了。

我和母亲不远走，因为那样太颠簸。我推母亲在家的周边转，其实风景就在眼前。

偶尔也开车和母亲去朝阳林场（约六十里路），那里是母亲带我们生活了八年的地方。四十多年后，再回去瞧瞧，坐轮椅转转，但却看不到老房子，找不到老邻居，心里熟悉的地方在眼前又陌生了。故地重游，别有一番感慨在心头！于是母亲讲了好多我小时候的往事……

回到家门口时，我问："老娘干什么？"母亲说："老娘回山了。"我问："出去遛弯儿好不？"母亲说："好，外面敞亮。"我问："遛弯儿有意思不？"母亲笑着说："有意思，人多，热闹，还能看见我的学生。"我问："明天还遛弯儿不？"母亲点着头期盼地说："明天还遛弯儿。"我说："好，等着，明天咱俩还遛弯儿。"这是推母亲回家时我俩的结束语。

母亲每天都期盼着明天，因感受到了生活的乐趣而对明天充满了渴望。悲观、忧伤、颓废等不良情绪如风中之烟，一扫而光。

母亲坐着轮椅，走东，走西，走南，走北——她那弱小的身影留在了田野的小径和村屯的道上，也留在了热闹的街市和健身的广场……

三月冰融化，四月天艳阳，五月忙耕种，六月披绿装，七月玉米吐须，八月稻花飘香，九月丰收在望，十月收割正忙，十一月中午晒太阳，寒冬腊月，风吹雪舞，我陪母亲在阳光房里赏雪、逗狗、盼春光……

接触社会不寂寞，感受自然心敞亮。

当初，用轮椅推母亲之前，她不愿穿好衣服，给她买的新衣服都在柜子里放着。那时，我认为母亲只是为了节俭。现在想来，穿衣服是给别人看的，如果母亲见不到外人，整日在屋里，在床上，那她怎么可能有穿好衣服的欲望？这几年，我经常用轮椅推着母亲，而她身上总是穿着好看的衣裳！不仅如此，每次洗完脸，母亲还主动把雪花膏涂在脸上。透过这小小的动作，我感觉母亲已打开了心窗，又对生活充满了渴望！

通过母亲前后的心理变化，我深深地感受到：期盼，这真是一种神奇的精神力量，它能使人透过黑暗看到明天的太阳！

平时在街上，我经常能遇见年轻的父母用童车推着年幼的孩子，但却很少看到子女用轮椅推着不能自理的老人。他们在哪里？在家里、在敬老院、在医院，在久卧的床上！他们都有接触社会、感受自然的渴望，但因自身失能，最简单的需求往往就变成了无法实现的奢望!

轮椅本是一种代步的工具，但对于失能老人而言，我感觉它更像是孩子的摇车。当初，我小的时候，母亲用摇车悠我；现在，母亲老了，我用轮椅推她。

地里的庄稼黄了又绿、绿了又黄，苏子河的水化了又冻、冻了又化，路边的小树也已经长大。在这熟悉而亲切的小路上，我推着轮椅，轮椅载着母亲，母亲沐浴着岁月，岁月教诲我人生。

春夏秋冬弯弯曲曲的辙痕，把我喜怒哀乐点点滴滴的思绪汇集、整理、拉长……

选择陪伴

在辽东一个小县城的郊区，有个地方叫城郊林场。1973年因父亲工作调动，我们家才从大山里迁出落户到了这个地方。

刚来的时候，住的是大草房，据说是新中国成立前地主家的。地主家住的时候，我不知道是怎样辉煌。我们家住的时候，四壁糊着各种褪了色的纸，晚上点着25瓦的灯泡，七口人睡一个屋里的两铺土炕。夏天，屋里的地下和炕上经常摆几个盆呀桶呀罐呀什么的，还能听到由棚上坠落的滴答滴答的水响；冬天，横七竖八的纸条趴在窗户的玻璃缝处站岗，那是用来防寒的一道屏障。三九天的早上，母亲起来生火做饭的时候，我还能听到她用菜刀咔咔地砸着水缸……

父亲把我们从大山里带出来，或许是完成了使命。不久，就因病去世了。

唐山发生7.8级地震那年，大草房变成了危房。过了三年，林场又给我们家分了由库房改成住宅的瓦房。当然，还是在城郊林场。

从破旧的草房搬入四壁白色的瓦房，这本是最普通的事，可在当时，我仿佛住进了天堂。不仅夏天不漏雨、冬天不透风，而且环境还好，有自己的院子和菜园子。从夏到秋，园中的各种蔬菜都绿油油的，想吃什么下地就摘。母亲时常能干些力所能及的活儿，还有熟悉的邻居，闲暇时也可以串串门，互相唠唠嗑，家长里短，人间烟火。

我也算是孩子头，身边总围拢着几个淘气的伙伴，整日抓鱼掏鸟、斗鸡打架，直到母亲喊"吃饭啦"，才埋埋汰汰地回家。到了晚上，还浑身是劲儿地跑出去和"野孩子"捉迷藏……

后来，大草房塌了。我突发奇想：地主家住过的大草房，那下面能否埋着值钱的银两？当我要去挖的时候，是母亲阻止了我那幼稚的贪婪和鲁莽。

门前不远处是我们当地满族人的母亲河——苏子河。它映着蓝天挑着日月，春季滋润着稻田，夏季流淌着碧波，秋天宁静而清澈，到了冬天，又成了孩子们溜冰的乐园。岸边有条无名的路，蛇行般延伸，隐头藏尾，我说不清它是由东向西还是由西向东，只记住了大大小小的坑洼和纠缠靴子的泥巴。后来，不知什么原因，路面上长出了漆黑漆黑的硬盖，大人就给这条路起了个名——柏油路。柏油路真好，溜平的，不汪水，还没有粘脚的稀泥。路面老宽了，干活儿的拖拉机都能突突突地在上面跑……半大的孩子管这条路叫"大道"。

这就是我成长并永远装在心里的地方。

随着时光的流逝，我们姐弟五人都长大、工作、成家，家中就剩下了病弱的母亲。我们经常买些东西回家看望母亲，帮她干些家务，和她唠唠家常……当时觉得日子很平淡，可现在回想，才知道那是幸福美好的时光。

2004 年 8 月 1 日，四十六岁的二哥突发疾病离世。母亲承受不了，哭了三年。有时，她是当着我的面号啕大哭；有时，她是背着我偷偷地抽泣。母亲留了一件二哥穿过的衣服，经常贴着鼻子使劲地闻，每天都端详二哥的照片泪眼婆娑。经历了丧子之痛，母亲就像是庄稼经历了一场秋风秋雨，不仅血压高了，还经常出现心衰现象。几年的时间，母亲眼睛花得厉害，耳朵背得严重，反应迟钝，步履蹒跚——迅速衰老了。那时，我认为母亲的余生不会很长，又害怕出现意外，就经常陪伴在她的身边。

平房需烧火取暖。我为了方便，冬天就把母亲接到楼上生活。母亲每年十一月初上楼，到来年三月就强烈要求回平房。我问原因，母亲说住楼房像是在空中悬着，不踏实、不舒服。那时我并不理解，甚至还和母亲发生过争执。因母亲态度坚决，争执的结果只能是我赌气地妥协。每年的三月底或四月初，母亲就像挣脱出牢笼一样回到居住已久的平房。

母亲在楼上生活了九个冬天。这期间，我发现一个现象：上楼生活后，母亲的身体渐渐地变弱，每年冬天都得住两三次院，而且经常莫名地发脾气；可回到平房，母亲身体状况就好转，心情也舒畅。这种现象引发了我的思考：缺少活动？她在楼上也走动；留恋平房？她想回去时也陪她回去呀；在楼里憋得慌？十天半月也开车拉她出去散心……住楼舒适，条件也好，那为什么母亲身体却越来越弱？我琢磨了很长的时间，还是没弄明白原因。

经与哥哥姐姐合计，我做出了一个尝试性决定：将母亲住的平房按楼房标准装修，冬天不再接母亲上楼了，我克服困难回平房陪她。这么做了之后，奇迹果然出现了：母亲竟连续三年都没再住院！因长时间不到医院看病，有的医生误认为我母亲已经不在了。

为什么母亲回到平房生活身体就能好些呢？经过思考，我懂了：父母的家，永远是子女的家；而子女的家，那不是父母的家。母亲对养育我们的家有着难舍的情感。有情感的地方，那才是母亲的天堂！

人的衰老本是正常现象，但在衰老过程中也容易发生意外的情况。2015年秋的一天，母亲右手拄着棍，左手提溜着薄薄的毛巾被要到外面去晾。当母亲走到阳光房里的时候，发现了正从外边回来的我，这时我也看到了她。我以前多次和母亲说："为了安全，千万不能干那些琐碎的活儿。"母亲可能是怕我说她，就急忙转身把毛巾被扔在了墙边的沙发上。母亲走都走不稳，更扛不住急忙的转身，就一屁股坐在了沙发上。当我紧走几步到母亲身边的时候，她还咬牙装作很正常，但已站不起来了。到医院拍了片，没有骨折，按医生的建议按摩了半个月也没有疗效。此后母亲就不能行走，连搀着走都不行，甚至不能站立——母亲卧床了。

再也看不到母亲拄棍蹒跚走路的身影了。母亲只能卧在床上，这不仅给她带来了生活上的不便，也使她的精神遭受了沉重打击。母亲内心是怎样的感受呢？她无奈的叹息、失望的眼神、烦躁的情绪已经告诉了我——她孤独寂寞并丧失了对生活的信心。从此，母亲身边需要二十四小时有人陪伴了。

我们姐弟四人，有的在外地，有的在本地，都有自己的工作。针对母亲的情况，我们本想雇个保姆，但征求母亲意见，她不接受。那时母亲也不知该怎么办，她眼巴巴地看着我，又像自言自语地说："我是累赘了，怎么办呢？谁管我呀？"说这话的时候，母亲的眼里充满了无奈、茫然、恐惧和悲凉。

回想当初，母亲四十八岁的时候，父亲就去世了。当时姐姐和大哥是知青，二哥三哥还有我都在上学。有人好心地劝母亲改嫁，说"满堂儿女不如半路夫妻"。母亲叹息着说："唉，那这些孩子怎么办？"她不忍。母亲就带着我们靠微薄的遗属费苦苦地生活。家里没了顶梁柱，外面就到处是瞧不起的目光，当时我不是很懂，但也体味到了。在记忆中，我和那些一起玩的有父亲的小朋友境遇都不同，不论是在学校还是在林场。

不知不觉中，刚读小学二年级的我就开始逃学了。逃学是不能让母亲知道的，早上装模作样地背书包走了，下午又和其他学生一样回家。那时老师也不怎么家访，我逃学的事母亲很长时间都不知道。直到期末考试后，因我拿不出成绩单，逃学的事才露馅儿了。母亲很吃惊很失望，愤怒着狠狠地打了我，之后就到河道边大哭……我知道是自己犯了错，但想改也没法改了。母亲把我逼到教室，我根本听不懂老师讲的课，时间一长，又开始逃学。母亲多次跟我讲："你不好好学习，长大还是被人瞧不起，我活着还有啥意思？"当时我心想，我被人瞧不起，她为啥就不能活？逃学仍在继续。母亲逼得紧了，我就到了学校进了教室，但她不能总在学校看着，一有机会我又跑了，这种状况持续了三年多。这期间，母亲看着我，哄着我，逼着我，打着我，为了让我学习，她用了能想到的所有办法，但我就是不愿学习。无奈的母亲就经常到野外大哭，哭声没能让我醒悟，那时还挺恨母亲。

逃学都干什么呢？开始的时候，是和几个同样逃学的同学在街上闲逛，哪个地方人多就往哪个地方去，像百货、市场、客运站等都是我经常光顾的地方。稍大一点儿，我下河抓鱼、上房掏鸟、抱大公鸡斗架……再大一点儿，就经常打架，自己被人打了，回家不敢说，把别人打了，人家的家长就来找我母亲，母亲因此也受了一些辱。但母亲对我没有放弃，而是一如既往地看着我、哄着我、逼着我、打着我，还是打完我之后就到野外或河套边大哭。"不蒸馒头争口气"的道理，不知母亲讲了多少遍，可那时我是听不进去的。

直到初二时，我还真争了一口气，突然就想学习了，并且期末考了全班第一！在这一年中，我看到了母亲的笑容。但好景不长，刚上初三，我突然就得病了——整宿睡不着觉。我睡不着觉，母亲就陪着，看着我在最好的年华不能像别人家的孩子那样学习，母亲的内心怎样煎熬呢？我苦，她比我更苦，我苦在身上，她苦在心里，这是后来我有了孩子之后才体会到的。母亲领我这看那看，她连一个鸡蛋都不舍得吃，把省下的钱都给我抓药用了，但病还是治不好，就这样又折腾了三年多的时间。这期间，我休过学，留过级。那些家境较好、和我年龄相仿、初中毕业未考上高中的人都纷纷干活儿挣钱了。但母亲不让我干活儿，在那么困难的情况下，她仍然坚持着让我学习。

现在想来，好像是上天的有意安排，让我在那时遭了本不该是那个年龄阶段遭的罪。正是那些年的艰难岁月，让我不知不觉地在内心播下了将来一定善待母亲的种子。

母亲有一个目标，就是让我将来"不被人瞧不起，能自食其力，做个对社会有用的人"。为了实现这一目标，母亲操心、费力、希望、失望、期盼了十多年的时间。不到六十岁，她冠心病就很严重了，还多次出现过休克现象。我们姐弟都工作之后，母亲身体状况渐渐好转了。在这之后，母亲度过了十多年相对幸福的时光。

母亲不能自理之时，我早已有了自己的家，工作和生

活压力都挺大。我就想：当初，是母亲给了我生命、给了我灵魂，并引领我走上了人生之路，让我过上了幸福的生活。如今，母亲老了，眼花、耳背、不能自理，甚至大小便失禁，她就像黑夜里孤独无助的孩子，正怀着恐惧和渴望的心情期待着我的陪伴。

我很矛盾：不陪伴，看着满头白发、病弱不堪、孤独寂寞躺在床上的母亲，当时于心不忍，我也知道将来会灵魂不安；陪伴，正值壮年的我，在这一过程中势必不能扬起事业的风帆。拷问心灵，应该陪伴；征求身体，希望清闲。思前想后，左右为难，在与妻子沟通并获得了她的支持后，我无奈地、也是心甘情愿地、艰难地、现在想来也是很幸运地选择了陪伴——让生我养我的母亲微笑着把最后的人生之路走完！

人的衰老都有一个或快或慢的过程，但身边的子女往往不易察觉。当衰老达到一个临界点，就容易出现一个看似偶然而微小的因由，继而引发一个必然的结果。

那时，我还不知道，善待母亲之心带我走进的地方，竟然是马拉松式地再造我精神世界并改变我人生轨迹的大学堂。

游　戏

　　我对苞米有一种特殊的情感，因为它帮我度过了一段艰难的岁月。

　　母亲九十岁的时候，腿不能走，眼花耳背手发抖。她吃饭夹不住菜，筷子也经常掉在地上。因力不从心，她就慢慢地摇着头并自言自语地说："唉，我老啦，真没用啊。"说这话时，她是一脸无奈和沮丧。现象都是本质派出的信使。夹不住菜，筷子掉在地上，这说明她的手指不灵活了。针对这种情况，我就想让她通过搓苞米的方式锻炼锻炼手指。

　　我把她抱在轮椅上坐好，在她腿上放个盆，盆里放几棒苞米让她搓，并告诉她锻炼锻炼。可她没搓几下就不搓了。我说："老娘，你怎么不搓了呢？"她说："手没劲儿，搓不动，累得慌。"我不能逼她呀，第一天搓苞米，我的想法失败了。

　　当天晚上，我就琢磨出了失败的原因。

第二天，我还是像前一天一样，把她抱在轮椅上，在她腿上放个盆，盆里放几棒苞米。但没让她搓，而是我一边和她唠嗑一边搓。她看我搓苞米，就疑惑地问："你搓苞米干什么？"我很随意地说："这是我包的活儿，搓一棒，能挣一元钱。"她一听，就来精神了，说："那我帮你搓。"她一边说一边伸手拿苞米。我一看，就偷着乐了。那天我们俩搓了四棒苞米。搓完苞米，我出去了一会儿。回来后，我从兜里掏出四块钱，是纸币，我把钱放在她的左手上说："老娘，这是你搓苞米挣的钱。"她吃惊地低头看看钱，又抬头看看我，接着就数钱：她用右手指沾着唾沫，拿一张，放在床上，再拿一张，放在床上……在数钱的时候，我看她是满脸笑容。

第三天，搓苞米的时候，我故意慢点儿搓，搓得比她还慢。当她搓完一棒时，我还没搓完。我说："老娘，你怎么搓得这么快呢？"她自信地说："我年轻时总干这活儿。"我说："我不怎么会搓呀。"她就来兴趣了，说："那我教你。"她拿着苞米一边比画着一边说："你就这么的，这么的，就这么的。"她哪是搓呀，而是一个粒一个粒地抠，手还哆哆嗦嗦。我就假装跟她学。几棒苞米搓完后，她说："权，再拿几棒。"我装作很无奈地说："一天就给我这几棒，今天没了，明天再搓吧。"这时，我发现她还有种力气没用完的感觉。

第四天，搓完苞米，我出去买袋虾条。回来后，我拿着这袋虾条在她面前晃动着说："老娘，这是你搓苞米挣钱买的！"她一听，就冲着我笑，那眼神里闪烁的，全是自豪！我把食品袋撕开，拿出一根虾条，刚递到她的嘴边，她就很配合地张嘴接了。在她嚼的时候，我说："老娘，好吃不？"她不住地点头，咽下去后，笑着说："好吃。"我说："你以前怎么不说好吃呢？"她美滋滋地看着我说："搓苞米挣的。"这时，她抬起手，慢慢地伸进食品袋里，摸了一会儿，用三个手指捏出一根虾条。我以为她就自己吃了呗，可她没把虾条放到自己嘴里，而是用微微颤抖着的手用力地冲我举着，表情急切但语速缓慢地说："权哪，你吃！"哎呀，一股暖流倏地涌遍了我的全身，模糊了我的双眼。我急忙弯腰伸着脖子张嘴去接。一根虾条含在嘴里，品味出千般温暖；两串感动挂于眼帘，控制不住地从中间断裂，一半噙在眼中，永远珍藏心里，一半滚落地上，迸出万丈光芒！

母亲七十岁的时候，满口就只剩十一颗牙了，还不对齿，吃东西受限，咯吱咯吱的，但她已经习惯了。我建议她镶全口牙，和她谈了好几次她才同意。我就和三哥说："你领妈拔牙，我受不了那个场面，我负责镶牙。"十一颗牙拔了三次，每次她去拔牙的时候，我都心神不宁。镶完牙适应一段时间后，她吃东西正常了。那口牙她一直戴着。

虽然她戴的是一口假牙，但并不影响吃小食品。她吃小食品那嘎嘣嘎嘣的清脆声响，犹如欢快的泉水伴着优美的旋律在我心中汩汩地流淌，每一个音符都叮咚叮咚地震撼着我的心房，震撼出的那种不可替代的幸福感，如涟漪般一波一波地在我心中荡漾——荡漾！

　　从那以后，只要是母亲身体状况允许，我每天都和她搓几棒苞米，仍是搓完苞米就吃小食品。吃小食品的时候，是我给她一块，她给我一块，她给我一块，我再给她一块，就像小孩做游戏。

　　这么一弄，你猜怎么着？她上瘾了，每天都盼着搓那几棒苞米。

每当看到苞米的时候，我就不由自主地想起了母亲。

母亲愿意吃饺子，每个礼拜我都会包几次。后来为了让她锻炼手指，我就想让她参与包饺子。

再次包饺子的时候，我就说："老娘，我问你个事。"她看着我说："啥事？"我说："我包饺子是谁教的？"她笑着说："我教的呗。"我说："我不怎么会包啦，你再教教我呗。"她一听，又来精神了。

我把馅儿放在饺子皮儿上，中间捏好后递给她，她包的时候精力很集中，可手还是有些抖，我感觉她有些吃力，因为她的嘴唇都随着包饺子手指的动作在一闭一闭地使劲地帮忙，但还是捏不牢。每个饺子都经过她的手，她包完后，我伸手接过来，再捏一遍。

十几岁时，母亲就手把手教会了我擀饺子皮儿和包饺子。开始的时候，我两只手不协调，也使不好那股劲，几分钟都擀不好一个饺子皮儿。母亲教我说"右手擀着面儿，左手转着片儿"，同时还给我做示范，并告诉我"皮儿薄厚要均，形状要圆"。母亲还指点我包饺子的要领："左手凹一点儿托着片儿，右手用筷子放好馅儿，饺子边要拿褶捏牢，包完看着得像元宝。"十五岁之前，母亲教会了我包饺子、包包子、包粽子、包黏火烧、包苏子叶、蒸馒头和烙饼。还有拌疙瘩汤、擀面条、攥汤子、抻面片儿……这些点点滴滴的往事虽然过去了四十多年，每每想起，仿佛就在昨天。

现在母亲包的饺子，既无褶也不像元宝，形状像菜盒子。看着正在包饺子的母亲——满头的白发像染过似的找不到一根黑丝；褶皱如阡陌般横多竖少地深刻在脸上，松弛的皮肤粗糙得像放了些时日的橘子皮，那上面还明晃晃地爬上了许多大小不一、形状各异的老年斑；上眼皮有些沉重，眼睛也变小了，还看不准东西，只有高兴时能闪烁一点儿光亮；耳朵倒是没怎么变样，只是耳垂有一点儿长，可声音却听不清了……她再也不是从前那个利手利脚教我做家务的妈妈，而是坐着轮椅很努力都包不好饺子的老娘！

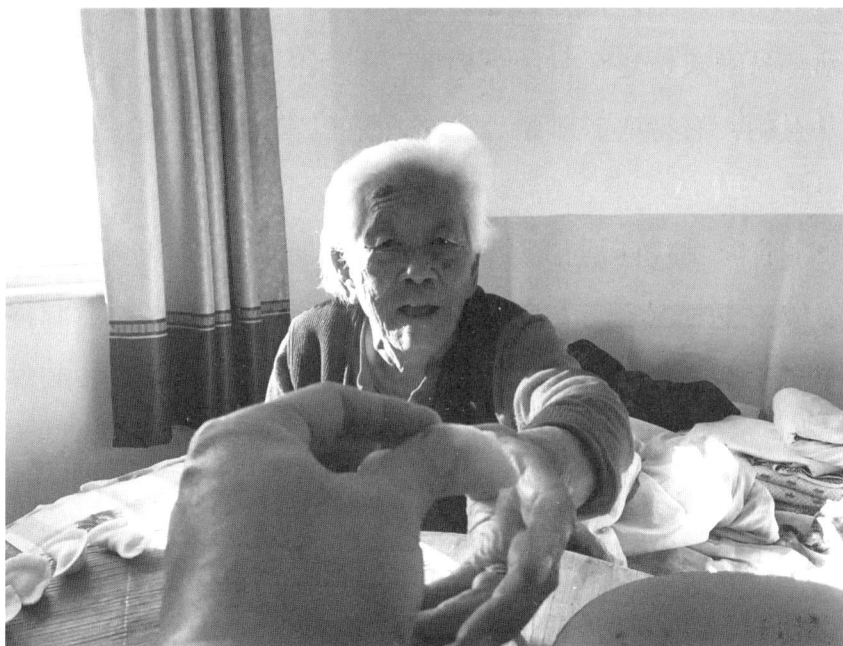

饺子煮好端上桌的时候，我大声地喊："吃老娘包的饺子喽。"

她一听，就洋溢出满脸的喜悦。她喜悦地吃着饺子，我吃着饺子并喜悦着。

吃完饭，我故意出去一会儿。回来后和她说："老娘，他们问我吃饭没，我说吃了。他们问我吃的什么饭，我说吃的饺子。他们问我谁包的，我说老娘包的呗。他们就竖着大拇指说'有老娘真好哇！'"她一听，就自豪地笑了。

从那以后，我一和面拌馅儿，她就跃跃欲试地说："咱俩包饺子喽。"

我经常给母亲挠痒痒。我一给她挠啊，她就似笑非笑地微闭着眼睛，那是她心灵渴望被满足的怡然惬意，那是她感受到天伦之乐的美好时光。母亲的那个表情是我最愿意看的，看得心旷神怡，到现在还经常清晰地浮现在我的眼前。

有时刚挠几下，我手就不动了。母亲就晃背，这是让继续挠的肢体语言。我忍不住地笑着说："老娘，你剌挠不？"她说："不挠还不剌挠，一挠就剌挠。"我说："剌挠怎么办？"她说："剌挠就得挠。"

给母亲挠完，我说："老娘啊，我也剌挠，你给我挠挠。"她就伸手了。她给我挠的时候，我说："老娘，谁挠得也不得劲，就你挠得得劲，这是怎么回事呢？"她笑着说："咱们是娘儿俩，有感应。"说完，我感觉她挠的力气就明显大了。有时母亲在床边上坐着，我蹲下，把头拱到她的怀里，双手搂着她的腰，她就从我后脖子处伸手给我挠背；有时我俩都在床边上坐着，我一解腰带，母亲就从我后腰处伸手给我挠背；有时我刚给母亲剪完手指盖，就让她给我挠，她一挠，我就一边躲一边喊："哎呀，疼。"母亲哈哈地笑着说："你给我剪的手指盖……"

有个朋友到我家里来，他看了我和母亲挠痒痒的过程后，笑着问："你怎么想起来这么弄呢？"我说："老人内心有一种需求，那就是抚摸子女。而挠痒痒，不论是我给她挠还是她给我挠，都能满足母亲内心的这种需求；我让母亲给我挠痒痒，这就向她传输了一种信息，那就是我需要她，让母亲感觉自己有用，从而提升她的自信；母亲给我挠痒痒，不管是从上往下挠还是从下往上挠，她的手和胳膊都在活动。这是一举多得呀。"这个朋友听完后，就说："你怎么不早告诉我呢？"我说："我琢磨了挺长时间，也是才弄明白呀。"他就低头沉思。过了一会儿，当他抬起头的时候，我见他眼里噙着泪。

他的老母亲在一年前去世了。他没说为什么流泪，我也没问。但我懂得他的情感，明白他的心。

冬天寒冷，不宜用轮椅推母亲到室外活动，我就陪她在地板上爬，并告诉她明年参加老年运动会，比谁爬得快，再得一次奖。母亲就有一种期盼，很努力地爬。因地板有些硬，我给母亲戴上了护膝。说是爬，其实母亲就是双手扶地用膝盖在地板上蹭，身体匍匐着很费劲地慢慢往前挪。母亲很期盼、很努力地一次次地练，但老年运动会却迟迟不开，那就只能是我和她比，我们俩互有输赢。母亲赢的时候，我就冲她比画大拇手指头；母亲输的时候，我就冲她比画小拇手指头。不管我比画哪个手指，母亲都能高兴地发出孩子般天真的笑声。那个笑声啊，到现在还经常萦绕在我的耳边。

有的时候，我偷偷地抓一把苞米粒撒在床上，然后说："苞米怎么撒在床上了呢？"就求母亲帮着捡，捡完还分别查数，比谁捡得多。我想赢，就快点儿捡；想输，就慢点儿捡。有的时候，我和母亲玩"石头、剪刀、布"，三局两胜。因为出"剪子"对母亲而言已是高难动作了，所以她总是出"石头"和"布"。我想赢的时候，就多出"布"；我想输的时候，就多出"石头"。不管比什么，她赢了，就很得意的样子；她输了，就很无奈的样子。我也是这样。但有的时候，我是装的，可老娘，那可是发自内心的。

在开始做游戏的时候，我就想到了玩象棋和打麻将。如果你总赢，那谁也不愿和你玩了；如果你总输，那你和谁也不愿玩了。有输有赢才能激发人的兴趣，有了兴趣，游戏就能长久地做下去。正是基于这种认知，在玩游戏的

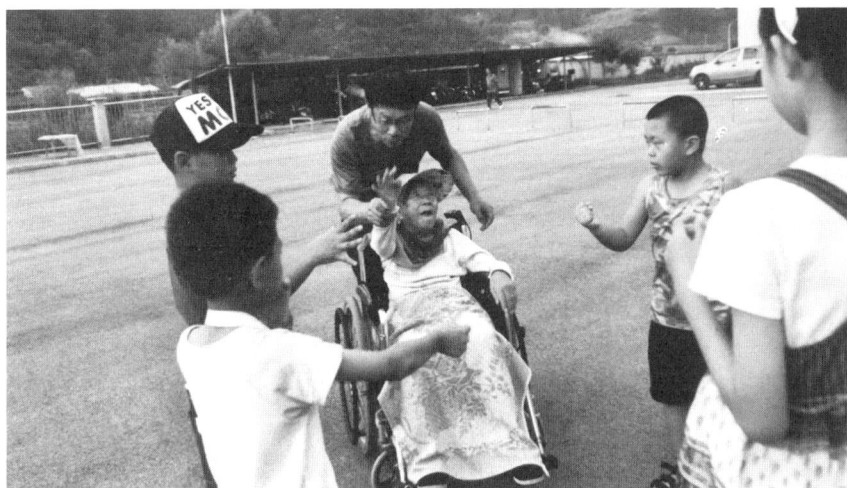

时候，我总会让母亲多赢那么一点儿点儿。就是这一点儿点儿啊，引起了母亲的兴趣，使她每天都高高兴兴地和我玩着游戏。

我也鼓动一些孩子和母亲玩游戏。这些简单的游戏，给我母亲带来了那么多的快乐，也给我留下了美好的回忆。

生活中的一些小事看似简单，但做起来又觉得复杂。其实简单还是复杂，有时不取决于事物本身，而取决于我们是用心还是应付。

碰　巧

2016年秋，九十岁的母亲又因心衰住院。县城的医院，虽然条件差些，但方便。深夜母亲睡了之后，我无聊地在走廊徘徊，见医生办公室的门开着，就溜了进去，很容易地找到了母亲的病历。在随意翻看时，我发现验血报告单"血红蛋白"值是60，有"↓"的标志，而正常的参考值是115—150。当时我对医学这方面的东西根本就不懂，只感觉有问题，至于是什么问题并不清楚。第二天，我和主治医生沟通，他告诉我是贫血。我问："是否需要输血？"医生说："输血并不治病，意义不大。"经过七八天的治疗，母亲状况有所改善，就出院了。

回家后，针对母亲贫血的这种情况，我就想，她年纪大了，通过食补很难，这种状况不改变一定对她健康不利；如果输血，不仅解决了贫血问题，而且母亲血管里流淌着的是健康年轻人充满生机的血，这一定能给她带来活力。想到这，我就给一位当医生的朋友打电话咨询。介绍了母亲的情况后，我问："给她输血怎么样？"他告诉我："输血不治病。"我问："输血能改善现状不？"他说："输血有好处，应该能改善现状。"我问："咱们县医院能输血不？"他说："能输，很简单。"得到了肯定的答复，我就决定给母亲输血了。输血时，护士说："她这个年纪输血有依赖，以后就得两个月输一次。"我问原因，护士说："这次输的血，两个月就基本代谢完了。"

输完血的第二天，我发现母亲精神头足了，食欲也好了，又开始热衷于管事了。我就知道输血输对了。这之后，每过两个月，我就带母亲到医院检测，如血红蛋白数值不足90，就给她输400mL血。

母亲高血压病史已有十多年时间了，以前都是靠药物维持。输了三次血也就是六个月后，我发现母亲血压逐渐平稳了，吃了十几年的降压小药片不用再吃了，心衰的程度也有所缓解。

我很好奇，后来咨询了一位很有声望的中医。他告诉我："老年人因严重贫血导致的高血压和心衰，补血之后能缓解或康复。"我知道了，原来是碰巧稳定住了母亲的血压，也缓解了她的心衰。

以前母亲住院，我都是完全依靠医生。就因为这次的事，我开始细心观察母亲的身体变化，用心琢磨保养的办法，与医生沟通治疗的方案，验证医疗的效果，最后做利

弊及其原因的分析和总结。时间长了，我不知不觉中就成
了"半个大夫"。这当然是后话了。

移花接木

寂寞就像影子一样追随着老人。而我最简单的应对办法就是经常和母亲做游戏和唠嗑。在唠嗑过程中，母亲多次提到一件遗憾的事，她说："当初如果不辞职就好了，如果不辞职，我现在就是退休教师，也能有退休待遇。"

20世纪50年代初，父亲在朝鲜战场保家卫国，母亲在河北省农村（母亲说那个地方叫大顾店）当扫盲班老师。学校离家有十六里路，因受交通条件限制，吃、住都在学校。母亲当老师可能有一两年时间（具体时间她也说不清了），后因老人、孩子无人照料而辞职了。

母亲为照顾家而辞去教师工作，这段往事已过去了七十余年，但她记忆深刻，经常和我提起。母亲每次提及此事，最后都无奈地叹息。母亲反反复复地絮叨，让我想起了失去阿毛的祥林嫂。但她不是祥林嫂，而是生我养我的母亲，况且我也未被狼叼走。

经过反复思考，我决定给母亲的那段经历移花接木再续新篇。

2017 年初春的一天，我和母亲唠嗑的时候，说："你以前当过老师，对不？"她很兴奋地说："对呀，我年轻的时候当过老师，那时学生遇见我都给我敬礼。"接着她有些沮丧地说："当时你爸抗美援朝，家里脱不开，我没办法就辞职了，要不然的话……"我说："告诉你一件好事，现在有新政策，以前当老师辞职的人，国家开始给待遇啦。"母亲疑惑地说："什么待遇？"我说："我姐到河北省找到了你以前当老师的档案，以后每个月给你一千元养老费。"母亲不怎么相信地盯着我问了好几遍"这是真的吗？"我说："是真的。"为了使母亲相信，我接着就转移话题说："你们当时的校长叫刘辉，对不？"母亲吃惊地说："对呀，你是怎么知道的？"我说："查你们学校人事档案知道的，他也是每个月开一千元养老费。"母亲不解地说："他是校长，怎么也开一千元呢？"我说："你辞职不长时间他也辞职了，所以你们是一样的待遇。"母亲又反复问了好几遍之后，美美地自言自语："以前老师没白当，现在也有待遇了。"

过了一会儿，母亲像想起了什么，又问："啥时候能领钱？"我说："才办完手续，下个月就能领钱。"母亲问："哪里给？"我说："教育局给。"母亲接着问："那他们都知道我当过老师了呗？"我说："都知道。"母亲用期待的眼神看着我问："那咱们邻居也都知道了呗？"我笑着说："对啦。"

母亲藏不住内心的喜悦，咬着嘴唇很得意地点点头。

其实我知道，母亲在意的是她曾经当过教师，这种名分才是她真正想要的东西。此后和母亲唠嗑时，我经常说："谁是于老师？"她就笑着说："我是于老师。"我喊："于老师。"她就答："唉！"我拉长声喊："于——老——师——"她就拉长声答："唉——"我说："打铃啦。"她说："上课啦。"我说："学生给老师敬礼啦。"她说："老师给学生还礼啦。"我装作不解地说："怎么外面的人都认识你呢？"她很自豪、很激动说："我当过老师呗。"我好奇地问："他们一提起你，都伸大拇手指头，这是什么意思呢？"她得意地说："这是'好'的意思。"说完就抿着嘴笑。我说："他们说于老师课讲得可好啦。我问谁是于老师，他们就大声地说是你。"母亲一听，就哈哈地笑。这类的话，我已重复了无数遍，母亲非常愿意听，是百听不厌。

虽然如此，钱还是要定期给的，只有这样才显得真实。给钱的时候，我喊"老娘领工资喽——"母亲便满脸喜悦地接过钱聚精会神地数。我感觉她不像是在数钱，而是在欣慰地数着一个遥远的故事、一段尘封的历史、一种久违的荣耀。母亲不缺钱，她自己不能行走，也花不着钱，她需要的东西都能得到满足，这钱还是交给我保管。我就用这一千元钱每月周转一次。在这之后，母亲还是经常和我说起当初当老师的事，但再也不遗憾、叹息了。不仅如此，因为有了名分，我发现母亲的脸上经常流露出我能感受到的一种骄傲和自豪。

失而复明

母亲九十一岁的时候，突然失明了。两天，只过了两天时间，母亲又能看见了。

2017 年深秋，那是一个叶子尽落的季节。田地里的玉米、水稻、黄豆等早已收割，一排排一面面枯黄的割茎在绵绵的凄风冷雨中倔强地昂着头，既像是在不屈地抗争，也像是在对苍天诉说着荒凉。

那天傍晚的时候，母亲感觉冷。我给她测了一下体温，有点儿发热，是 37.1 摄氏度，就给她吃了四季感冒片。到晚上八点多钟，母亲体温竟升到 38.3 摄氏度。我有些担心，怕发烧引起心衰，急忙给诊所的医生打电话。医生说："给她吃两片扑热息痛就退烧了。"我因为着急，没能结合母亲自身的具体情况而仔细思考，就按医生常规的指导意见，给她吃了两片扑热息痛。

折腾了半宿之后，母亲退烧了，睡着了，我也放心了。

第二天早上天已大亮，母亲说要大便，我忙把她扶起来抱到坐便椅上。刚坐了一会儿，母亲声音微弱地说："权哪，屋里怎么这么黑？我什么也看不见。"她说的时候，使劲地睁大眼睛，双手还在面前摸。我感觉不对劲，就紧张地、近距离地盯着母亲的眼睛看——我看到的是一双黯淡无神，既没有看我，也无任何反应的毫无生机的眼睛。

我感觉不对劲，就给她擦屁股，这时我看到手纸上有血。我急忙把母亲抱到了床上，还习惯性地扭头看了一眼便盆。哎呀，这一看，吓了我一跳，便盆里全是鲜血，半便盆的鲜血！

当时我就蒙了，惊慌失控地嘟囔："完了——完了。"慌乱中，不知怎么弄的，还把坐便椅给碰倒了，洒了一地的血。我啪啪地拍着自己的脑袋，默默地说："冷静，冷静。"冷静下来后，我马上给媳妇打电话，让她赶紧开车过来。

风云突变，严重便血，目已失明。我感觉九十一岁的母亲可能要离我而去了。我的心仿佛掉在了地上还颠了颠，有种说不出的酸楚。

刚给母亲穿好衣服，我媳妇就进屋了。看着满地的血，她惊恐地叫着："哎呀！怎么啦？怎么啦？"我摆摆手，故作镇静地说："先别说了，赶紧上医院。"

我介绍完情况后，医生说："她这种情况有三种可能。一、严重肝病，消化道静脉破裂。二、胃肠晚期恶性肿瘤。

三、胃肠道大面积溃疡出血。到底是什么病，需要进一步通过胃、肠镜检查。她这么大年纪了，做这些检查有风险，我们医院的条件差，你还是先带她到上级医院检查确诊吧。"

时间，最重要的是时间！如果到上级医院检查，势必耽误时间。再者，上级医院能不能给她做胃镜、肠镜等检查也不敢说。退一步讲，就算是查出恶性肿瘤又能怎样？

我就琢磨：如果是严重肝病静脉破裂，那应该是吐血而不是便血；如果是恶性肿瘤晚期，那她应该很瘦，但母亲当时并不算瘦。结合头一天晚上那两片对胃肠有刺激的扑热息痛，我说："严重肝病排除，恶性肿瘤也不管它，咱们就按胃肠溃疡治。我哪儿也不去了，就算是'今天来明天抬'，一切后果由我承担，绝对不会给你们医院添麻烦。"

那些年，我经常和医院打交道，这个医生我也认识。他听我这么说，就同意留院了。

医院用的是治疗胃肠溃疡的消炎药。我和医生说："她现在是严重缺血，当务之急是赶紧输血。"医生看了看母亲的指甲、嘴唇和内眼睑后，就同意给她输血了。

验血报告出来了，母亲的血红蛋白值是38！而九十多岁的老人，血红蛋白值低于60已是严重贫血。

四十分钟后，输血开始了。

时光在措手不及的忙碌中匆匆地逝去。母亲躺在病床上，不说话、不睁眼、不吃饭，好像什么事都不能做了。天空中下着雨夹雪，满天的乌云压得我透不过气，一种恐怖的氛围笼罩着我。

我只能等，同时默默地祈祷，祈祷输入母亲血管的滴滴鲜血能让她复明，哪怕再看我们一眼——当时这都是奢望了。

长夜漫漫，漫漫长夜一秒一秒地过。黎明来得很迟，天，终于放晴了。上午的太阳把彩色温暖的光照在了母亲的身上，仿佛是在给母亲输入宇宙的能量。下午的时候，我用双手抚摸着母亲的脸说："老娘，你能看见我不？"母亲睁大眼睛看了一会儿说："看不清。"一句看不清，倒让我感到了希望。母亲用微弱的声音说要大便，在她大便时，我发现便血也基本止住了。

我又找医生并恳求地说："她这次是大失血，只输400mL恐怕不够，再输400mL吧。"两天共输了800mL血。

第四天早上，我感觉母亲好像在看我。我就围着床头盯着她的眼睛慢慢地来回转。这时，我惊喜地发现她的眼神随我而动。我急忙到了母亲的身边，伸出两个手指，在她面前比画着说："老娘，这是几？"她说："二。"我不敢相信，又多伸出一个手指，说："这是几？"她说："三。"

哎呀，母亲能看见了！母亲好了！母亲"失而复明"了！当时我那个高兴劲，无以言表。

事后我就想，母亲以前胃肠就有些问题，那天要不是草率地给她吃了两片刺激胃肠的扑热息痛，她可能就不会出现这种情况。都说"天有不测风云"，可事后总结时，往往能看到人为过失的影子。

无中生有

母亲能看见之后，她就急着要回家。我考虑这次情况特殊，得多治几天，就没让她出院。回不了家，母亲就不高兴了。她说："以前告诉过你，再有病不上医院。我这么大岁数了，治不治有什么用？你给我送医院来，这不是折腾我、让我遭罪吗？"说完她就闷头生气，过一会儿再说一遍……

我有些无奈。经过一番琢磨，我就有了一个初步的设想。至于能否成功，只能是走一步看一步。

母亲再抱怨时，我就试着跟她说："我也没送你上医院，不是你自己来的吗？"母亲一听就更生气了，她说："我腿也不能走，怎么能自己上医院呢？"我说："那天晚上，你在床上睡觉，第二天早晨，我发现床上没有你了，哪儿也找不到你。实在没办法，最后在电视台登了寻人启事，才知道你在医院。医生说那天早晨你是自己到的病房，自己上的这个病床，他们也不知道你是怎么回事；邻居说，在早晨六点多钟的时候，看到你像年轻人一样大步流星地往街里走，他们感觉老奇怪了。"

母亲抱怨我一次，我就给她讲一遍我编的故事。讲的遍数多了，她就不吱声了，也不生气了。她躺在病床上，微闭着眼睛，但眼皮却在眨。我看着她那一眨一眨的眼皮，就知道她是在琢磨事呢。

当天下午，母亲跟我说："我知道是怎么回事了。"我说："啊，是怎么回事？"母亲接着说："是老天在救我。"母亲说这话时，眼里充满了自豪而神秘的光。

因受家庭环境的影响，母亲从小就有宗教信仰，直到八十五六岁的时候，礼拜天我还得送她去听讲道。母亲也经常给我讲一些相关的故事。正因为有这个背景，我才编了母亲自己上医院的故事。

母亲居然相信了！而且眼里充满了蒙恩的喜悦。

我趁热打铁地跟母亲说："很多人都知道你的事了。"她疑惑地问："什么事？"我说："你自己去医院的事呗。"我接着说："他们都要来看你，我嫌人太多，没让他们来。"母亲听说没让他们来，表情有些失落。我说："你好好养着，等你身体养好了，咱们给他们讲。"母亲听了后，很自信地点点头，就不再抱怨送她上医院的事了。

为巩固成果，我就和母亲说："有个记者老找我呀。"她好奇地问："他找你干什么？"我说："要了解你自己去医院的事呗，我不愿和他说。"母亲一听，就着急了，她说：
"那你就告诉他呗。"过了一会儿，母亲看我没走，就催
促说："你去告诉他呗，你去告诉他呗。"母亲的心思，我
懂了。

第二天，我说："老娘，你自己去医院的事已经上了报
纸，所有的人都知道了。"她就睁大了眼睛看着我，吃惊地
问："是真的吗？"我说："是真的，人家都看见了，这还能
有假？"母亲的表情怪怪的，有点儿半信半疑。

李中华是全国家喻户晓的试飞英雄，当初在朝阳林场
时，我们两家是邻居。前些年，母亲经常看登载李中华事
迹的报纸，很是羡慕。

我说："老娘，朝阳林场有两个人上报纸了，一个是李
中华，另一个就是你呀。"母亲说："你觉得光荣不？"我大
声地说："我和你借光啦。"母亲一听，就笑了。

多次重复之后，我试着问："老娘，朝阳林场有两个人
上报纸啦，一个是你，另一个是谁？"她就说："李中华。"
我把话调整一下，再问："老娘，朝阳林场有两个人上报
纸啦，一个是李中华，你说那另一个人她是谁？"母亲就
攥紧拳头，用大拇指指着自己的鼻子，很得意地说："是
我——"之后就眯着眼睛、抿着嘴自豪地笑。

从那以后，母亲就跟她能见到而且有机会说话的人喋
喋不休地讲她自己上医院的事。我发现母亲不仅有诉说的

欲望，还有传道的自豪。别人都知道这些事是假的，只有母亲确信无疑地认为这事是真的。

为了让母亲高兴，我杜撰了前面的故事。可我的麻烦很快就来了——母亲身体好点儿了，有一天，她突然要看那张报纸。这有点儿出乎我的意料，我就应付着说："报纸在我家了。"但母亲让我马上回去取。这时，母亲已戴上了老花镜，等着看呢。

我已经把她的情绪调动起来了，如果没有报纸，我的谎言将被揭穿，那么母亲的精神也必然会因失落而遭受打击，这是她难以承受的。可我上哪儿去取根本就没有的报纸呀！

能请神也得能送神，母亲已练就了我这方面的能力。我就到了打字社，自己写稿，自己编的事，写稿也容易。写完稿，我让打字社制作了一张大字的报纸，还注明是"特刊"。

回来后，我内心忐忑却又故作镇静地把报纸交给了母亲。

母亲戴着老花镜慢慢地、很认真地一个字一个字地看，一个字一个字地念，看完之后就把报纸放到枕头底下自己保管，像得到了什么宝贝似的不让别人碰，生怕丢失或损坏。母亲每天都反复地看，我也不知道她一天能看多少遍。

母亲看着这张报纸，就像当年看远方邮来的家书一样

认真，她每天都能从这张报纸中汲取精神慰藉。当初让把报纸注明为"特刊"，这是我留的后手。那时我就想，如果母亲对报纸提出质疑，我就用"特刊"这俩字和她周旋。但由于视力、智力和信仰等原因，母亲最终也没怀疑这张报纸的真假！

后来母亲下葬的时候，我把这张早已看旧了的报纸默默地放在了坟里……

观便闻尿

母亲"失而复明"之后，我知道她可能是有胃肠道溃疡的疾病了。这种病的现象就是胃肠不舒服并且大便颜色黑。试过了几种药，发现有一种叫"雷贝拉唑钠肠溶胶囊"的药疗效好，但这药又不敢常用。我考虑它既然对胃肠溃疡有效，那就应该有凝血的作用（虽然说明书上并没有这么表述），我怕因此引发母亲心梗。这药必须得用，但又不能用得多，按药的说明书是"每日早上服2粒，4周为一个疗程"，而结合母亲的心脏病，我只能打破这种常规。和医生沟通，医生建议减量适当地用。

适当地用，这很难操作。怎么把握呢？我就开始仔细察看母亲的大便。如果大便黑并且臭味大，就按常规用量服药，直到大便颜色正常。如果大便颜色不黑，就用棍子扒拉扒拉，看清到底是溃疡的血迹还是未消化完的食物（如木耳等），据此再考虑是否用药。这样，既控制住了便血，也兼顾了预防心梗（不按说明书服药也是无奈之举）。

因年纪大、免疫力差，母亲也多次得过泌尿系统方面疾病，比如膀胱炎、肾盂肾炎、尿道炎等。但在母亲因这类病住过两次院之后，我就发现了一种现象，并找到了应对的办法。

在没发现这种现象之前，母亲出现小肚子痛或尿带血了我才知道送她去医院治疗。到医院还得通过验血验尿才能确诊，每次都需要住院治疗六七天。我就想，任何疾病都应该有原因和前兆。在进一步搞好母亲卫生的前提下，我把注意力集中到母亲的尿上。在端尿倒尿的时候，我通过细心观察，发现了一种现象，那就是在发病前及治疗过程中，母亲的尿浑浊并有腥味，越浑浊，腥味越大，病越严重。但有时上火了尿也浑浊，为弄清到底是怎么回事，当我看到母亲的尿有点儿浑浊时，就贴近闻一闻，如有腥味，就给她用些对症的消炎药（如症状轻，就用三金片；症状重，就用乳酸左氧氟沙星）。这样，不出两天，母亲的尿就清而不腥了。

有一次我闻尿的时候被母亲发现了，她哈哈大笑地说："你闻尿干什么？"我就把原因和她说了。母亲说："你不嫌臊吗？"我说："老娘的尿不臊。"母亲不解地看着我，似有所思，还微微地点了点头。过了一会儿，母亲带着感动说："你是妈的好儿子，妈谢谢你。"我说："你是老娘，不用谢。"对此，我也发自内心地感到欣慰和自豪。

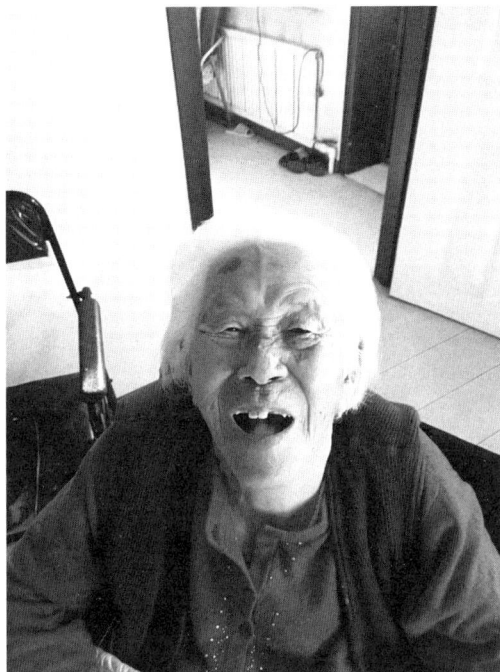

　　以上两种方法，我给它起名叫"观便闻尿"。说来也怪，我观母亲的便、闻母亲的尿，从来没恶心过！这两种方法虽然不雅，但很实用——用了这两种方法之后，母亲再也没因胃肠溃疡和泌尿系统炎症而住过院。

　　通过"观便闻尿"，我就想，有些看似复杂的问题，其实也挺简单。

偶然的发现

母亲器官功能已经严重衰退了，又吃了十多年的降压药，不是一种小药片，而是多种，不是单吃，而是混吃。降压药副作用很大，尤其是对肾脏的伤害。母亲的尿不仅味大，而且尿频、尿急、尿失禁，经常尿裤子、尿床。

我感觉母亲该排尿的时候，就把她抱到坐便椅上。母亲很努力，却尿不出来，她就说没有。可刚把母亲抱到床上，她说要尿，我再急忙把她抱到坐便椅上的时候，她已经尿床了。这种情况曾经也让我感到不耐烦而抱怨。

我就想，排尿的意念需传导给泌尿器官，而母亲因器官功能减退，传导、反应得都慢，这可能就是她不能马上排尿的原因吧。这么想了之后，我的心态渐渐平和了。

为了让母亲在坐便椅上多坐一会儿，我就习惯性地抚摸她的后背。有一次抚摸到母亲腰间盘以下、尾骨以上部位时，她马上就尿了。当时我不知道抚摸这个部位与母亲排尿是否有关系，但这一现象引起了我的注意。下一次让母亲排尿时，我就试着直接抚摸那个部位，结果母亲很快就尿出来了。我知道了，抚摸或轻挠这个部位能加速排尿意念的传导，使母亲能迅速地排尿，而且排得净。用了这个方法之后，母亲基本不尿床了，我也不用总洗裤子了。

后来我就想，这么一个简单的行为，就算是刺激了穴位，也不应该有这么好的效果呀。我又想到了两个因素：通过长期输血，血压基本正常，不用再吃降压药，减少了对肾脏的伤害；服用生脉饮和秘制参等补剂，控制力强了。三者合一，或许是原因吧。

我不懂医学理论，经常是凭感觉做，然后再根据结果总结原因。难怪有人说我是"歪打正着"。

催　眠

　　2017 年 12 月，我哥回来了。他一回来，我就有了难得的自由时光。第二天晚上八点多钟，我正在和朋友聚餐，我哥打电话说："我妈晚上睡不着觉，你给弄点儿药吧。"我知道他指的是安眠类的药，就提前离席回家了。到家后，我哥看我没拿药，就问："药呢？"我说："没弄。"他说："那你回来干什么？"我说："她能睡着觉。"这句话引起了我哥的不悦，虽然他没说什么，但表情我看懂了。

　　我脱下外衣，坐到母亲身边，一只手拉着她的手，另一只手搂着她的肩膀和她唠嗑。我太了解母亲了，我们俩有唠不完的车轱辘嗑。当我感觉母亲有点儿累了，就说："老娘，该睡觉啦。"她可怜巴巴地看着我说："我睡不着。"我说："躺下，试试。"我一边说一边扶母亲躺下。母亲躺下的时候，还拽着我的手，盯着我，恋恋不舍，就怕我走。我顺势躺在母亲的身边，一只手拉着她的手，另一只手轻轻地抚摸她的脸。我说："老娘，咱俩睡觉，乖。"她就闭上眼睛，脸上的表情自然而祥和。不一会儿，就不一会儿，母亲不仅睡着了，还呼呼地打起了呼噜……

我哥感觉奇怪，问我怎么回事，我说："你看那小孩，睡觉前就爱哭闹。如果有妈搂着、抱着或拍着，很快就能睡着。高龄不能自理的孤单老人，他们与幼小的孩子有相同的需求，这就是亲情的需求。当这种需求得到满足时，他们自然就神安入眠了。"

母亲八十四五岁时候，可能由于身体或心理方面的问题，她每过一段时间就心烦气躁、情绪低落、悲观失望，甚至像没事找事似的发脾气……她晚上经常不睡觉，准确地说，她是睡不着觉。那时我也没有好办法，只能是让母亲住院治疗，但效果并不明显。

白发苍苍的母亲深夜辗转反侧而不能入眠，一会儿坐起来，一会儿躺下，一会儿又趴着，还自言自语地叹息。母亲这样，我也不能睡，更睡不着，只能无奈地陪着她。

六年前的一天深夜，我也熬得挺困了，就搂着母亲打盹儿，我感觉只有搂着她才放心，才敢打盹儿。结果没等我睡着，母亲居然先睡着了！

这是意外的收获，我对此进行了思考。从那以后，每当母亲睡不着觉的时候，我就和她在一起，或搂着她，或拉着她的手，或摸着她的脸，只要和她有肢体接触，她就能很快入睡。所以，当我哥感到奇怪时，我和他讲了原因。

孩子如初升的太阳，老人似西下的夕阳，虽然趋势不同，但都处在同一水平线上，所以老人也叫老小孩。老小孩，老小孩，如果我们真正把老人当成了孩子，那在陪伴老人过程中，好多看似复杂的问题就简单了。

　　我睡眠也不好，睡觉时不能有动静。但母亲入眠后的呼噜声就像是催眠曲，当我听到这种声音，就容易心安入眠。

　　母子连心，实非妄谈。

八十有三

2016年的时候，母亲就经常跟我说："权，我陪不了你多长时间了。"我问为什么，她说："我都九十岁了，还能活几天？"

邻居中，与母亲年纪相仿的那些老人都早已过世，如今在我们家居住的林场，找一个比她小十来岁的人都难了。时光按部就班地日出日落，无声无息，平平淡淡。它不是钟表转动的时针，也不是翻过或撕掉的日历；它在柴米油盐的日子里，在生生灭灭的更替中；它能给人带来希望、憧憬和梦想，但也很残酷地吞噬着一切并一去不返。如果那些老人还健在的话，母亲就可以常和他们见面，常和他们唠嗑，就不会想那么多了。母亲确实老了，身体又不好，她有这种想法也属正常。但总认为自己年龄太大活不了多久，这种心理暗示对母亲是很不利的。

这个问题困扰了我好长时间。

2018年3月底，苏子河早已哗哗地流淌了，只是南岸河堤下见不到阳光的地方，还断断续续有些白花花的残冰。当东北漫长而寒冷的冬天还剩一点儿尾巴的时候，空气中已弥漫了万物复苏的气息。大自然四季更替周而复始，可我九十二岁的母亲却越来越老，有些糊涂了。

有一天唠嗑的时候，母亲问我："我今年多大了？"我琢磨了一下说："记不住了。"我问母亲："我今年多大了？"她皱着眉想了一会儿说："我不知道。"接着母亲用手指着我并笑着说："我三十九岁生的你。"听了这句话，我愣了一下，感觉机会终于来了！就说："我今年四十四岁，你三十九岁生的我，三十九加四十四，你今年是八十三岁了。"母亲有些疑惑地说："我不是九十多吗？"我说："不对，能算出来，如果你是三十九岁生的我，那你今年就是八十三岁。"母亲对三十九岁生我这件事记得很准，而我跟她算的账也合情合理，她也挑不出毛病，更想不到我隐瞒了自己的年龄，就半信半疑了。

我接着就反复地和母亲算她的年龄，并且用手比画八和三，也把着她的手比画，同时说"八十有三，八十有三"，每天和她连说带比画几十遍。

半个月后，我就不和母亲算年龄了，而是直接问："老娘，你今年多大年纪了？"她就伸出左手，用大拇指和食指比画一个八，同时把右手大拇指和小手指攥紧，将食指、中指、无名指伸直，比画一个三，之后看着比画着的手说：

"八十有三。"

问的遍数多了，练的次数多了，渐渐地母亲反应得也快了，手比画得也灵活了。每当我用轮椅推母亲出去，别人问她多大年纪时（她听不清得由我转达），她都不用思考，马上就用双手比画着，同时很自信地说："八十有三。"

我哥回来了。我问母亲："老娘，你今年多大年纪了？"她就比画着说："八十有三。"我哥感觉奇怪，就说："你不是九十多了吗？"母亲不高兴了，瞪着眼睛说："我多会儿九十多了？我才八十有三。"我着急了，赶紧给哥递了个眼色。

我问母亲："八十三岁大不？"她用舌尖舔了舔嘴唇说："不算大也不算小，还行吧。"我说："八十多岁的人有的是，不算大。我认识一个老头，他今年九十多岁了，他和我说'我要是八十多岁像你妈那么年轻，那该多好！'他还羡慕你年轻呢。"母亲听了就自信地点头。我说："八十岁也得有个老娘，对不？"母亲笑着说："对。"我说："你可是老宝贝，我就一个老娘，我离不开你，离开你我没意思，你得陪着我，当我八十岁喊老娘的时候，你也得答应。"母亲就带着一种责任感点着头说："行。"我怀着复杂的心情，急忙伸出小手指和母亲拉钩了。

每逢佳节倍思亲。二哥去世后，每到过年的时候，母亲都伤心落泪。在母亲有些糊涂了之后，我就不告诉她过年过节的事了。母亲每天都过着平淡的日子，她的心理年龄，也永远定格在了"八十有三"，定格在了"她还不老"。

从那以后，母亲再也不提年龄大的事了。

呼　　唤

有人说："世界上有种最美的声音，那就是母亲的呼唤。"在陪伴母亲过程中，我也终于懂得了世界上还有一种最暖的声音，那便是子女的亲切呼唤。

从小到大五十多年，我本来是管母亲叫妈的。在陪伴过程中，不知从什么时候开始就改口叫老娘了。我发现喊老娘，母亲能由衷感到亲情的温暖。我每天都多次贴近母亲的耳朵喊"老娘，老——娘——"，每次喊三五遍。每当母亲听到我喊"老娘"时，眼中都闪烁着兴奋的光。我喊"老娘！"她马上就答"唉"；我拉长声喊"老娘——"，她拉长声答"唉——"。我接着问："谁是老娘？"母亲就笑着用大拇指指着自己的鼻子。我说："鼻子是老娘吗？"她想了想，就用双手从脸到胸再到腰抚摸自己，同时说："这都是。"我问："我有几个老娘？"她说："就一个。"我问："在哪儿呢？"她用手比画着自己说："在这呢，就是我。"我说："一个老娘太少了，我再找一个。"她笑着说："你找不着，全天下就我一个。"我说："我老娘跑过运动会，你跑过呀？"她很自信地说："跑过呀。"我说："我老娘得过奖，你得过呀？"她非常得意地说："得过呀。"我说："老娘你太厉害啦。"她就哈哈地笑。

那时母亲的耳朵已经背得很严重了，我用轮椅推她出去，别人跟她说话大声喊她都听不清，而我用正常的声音甚至小声叫"老娘"的时候，她不仅能听得清，而且反应还挺快，马上就答"唉——"。这种情况经常逗得旁人哈哈大笑。

我每天都多次地喊老娘，但又觉得一种称呼似乎有些单调，就琢磨在称呼上还得花样新出。花样新出也不能随心所欲，必须得合情合理，让母亲觉得这种称呼本来就理所当然地是她的专属。只有这样，她才能自然而然地接受。

2018 年 8 月的一天，和母亲唠嗑时，我冲她说了一声"小桂子"，她当时没什么反应。我知道说的声音小了，她没听见。接着我就大声地说："小桂子！"这声音似乎触碰到了母亲的神经，她敏感地抬起头，眼睛睁大了，盯着我说："你说什么？"我冲着母亲大声地喊"小——桂——子——"，她吃惊地迟疑了一下，紧接着似乎本能地应答"唉——"。这时，我发现她眼里又放出一束久违的渴望被满足的光。"小桂子"这个称呼似乎成了珍藏在母亲记忆中无人知晓的古董，八十余年后重见光明！母亲疑惑不解地说："你怎么知道我叫小桂子？"看着她兴奋愉悦的表情，我知道又成功了。

母亲以前给我讲过好多好多的故事，我早就知道她乳名叫小桂子，只是当时没在意。现在明白了，对于风烛残年已回归成孩子的母亲而言，乳名是最亲切的称呼。对此，我通过母亲的眼神已窥懂了她的内心。我深受鼓舞，就经常冲母亲喊"小桂子，回家吃饭啦——"；"小桂子，不能淘气，淘气打屁股"。有时我说："小桂子，你淘气没？"母亲很坦然地笑着说："没淘气。"我说："淘气怎么办？"母亲像孩子一样顽皮地说："淘气打我屁股。"说完就哈哈地笑。

母亲早已回归成老小孩了，呼唤乳名，这么简单的行为，就能唤醒她遥远沉睡的童心，并让她感受到浓浓的亲情。

"老人""孩子"这都是母亲现在的天性。呼唤老娘，能让母亲感受到她是老人；呼唤乳名，能让母亲感受到她是孩子。其实在我心中，她既是我的老人，也是我的孩子。母亲的角色在我声声深情的呼唤中变换着，她的天性也被自然而然地满足着。

我对母亲一共有七种称呼：母亲、妈、老娘、于老师、小桂子、小淘气、赵宝鸾。母亲，这是正规场合对外的称呼；妈，这是原始的称呼，我叫了五十多年；老娘，这是我后改的，也是后期呼唤最多的；于老师、小桂子、小淘气和赵宝鸾，这是听母亲以前讲故事知道的。喊于老师，这能使她感到骄傲和自豪；喊小桂子、小淘气、赵宝鸾，这都能使她回忆起童年时代的美好时光。我是根据不同的场合、不同的氛围选择性地呼唤。不管我怎么呼唤，母亲都愿意听，都能感受到亲情。

　　深情的呼唤，不仅仅是一种语言、一种声音，更是一种情感、一种爱的力量！

门前的秋千

我家院子的大门是木质的，因年久，油漆早已剥落得斑驳了，两扇门开关的时候，还总是发出吱扭吱扭的声响。

在门前的空地上，有个铁架子的秋千，喷了白底带红点的油漆，很是美观。来我家的人，刚看到时觉得好奇，弄明白缘由也多有感叹。

我经常用轮椅推着母亲到广场荡秋千，每次荡的时候，她都很开心。2019年夏，不知什么原因，有时我和母亲奔过去了，秋千锁着，不能荡。我无奈，母亲也摇头叹气，她那种失落让我不忍。

通过打听，我找到了负责人。他说："我就是带着弄，也挣不了几个钱，有事就不去了。"我问他秋千在哪儿买的，他说是自己做的。我就想，如果我要是有个秋千，母亲随时都可以荡，就不会失落了。我和他合计，讨价还价后敲定：900元定做既能躺着荡也能坐着荡的秋千。

自己有了秋千，就方便了，母亲随时可以在家门口荡

秋千。当然是我和母亲一起荡。

我与母亲荡着秋千，同时搂着母亲的脖子和她唠着重复了多少遍的嗑。突然，院里拴着的黑狗汪汪地叫。我就和母亲说："看咱俩荡秋千，它眼馋啦，也要荡。"这话逗得母亲哈哈地笑。

这时，侯姐过来了。侯姐是我们的邻居，退休多年了，她看到母亲如此开心，就羡慕说："陈婶真有福！"

看着哈哈大笑的母亲，我感觉蔚蓝的天空云淡风轻，香甜的空气沁人心脾，内心的舒畅不知不觉地溢到了脸上。

闯过三肿三消

有句不知流传了多久的民谣，是"三肿三消，准备铁锹"。母亲经历过三肿三消，但没用铁锹。

2019年11月下旬，天气逐渐寒冷。按照以往的经验，母亲的身体在这段时间很可能会出现一些或重或轻的问题。不光是我的母亲，高龄老人往往都这样，稍一疏忽，就有无力回天之可能。虽然母亲已提前住院预防了，但我还得细心地观察。

这几天，母亲不愿意吃饭，我发现她的脚还肿了。母亲以前也出现过脚肿情况，吃几片利尿药就好了，但这次吃药没好使。我看不行，就给母亲送到了医院，治了几天，脚肿就消了。我以为没事了，可回家没几天，母亲不仅脚肿，腿也肿了，我看情况不妙，又赶紧把她送到了医院。

医院的治疗确实有疗效，很快就又消肿了。可停药不长时间，母亲不仅脚肿、腿肿，脸也肿了，她精神萎靡，毫无食欲，还出现了呕吐的情况。这时，我突然想起那句民谣："三肿三消，准备铁锹。"母亲已经过了三肿二消，还差一消，我就有些怕了。母亲似乎也预感到了什么，她躺在床上，拉着我的手，用无奈和不舍的目光看着我，声音微弱、断断续续地说："权——权，妈——快——不——行——了，你——救——我，救——救——我——呀。"看着可怜的母亲，我干着急也没有办法，只能是再次送她去医院。

医院的治疗方案和前两次一样，还是营养心脏和利尿消肿。这么治疗虽然有效，但前两次的经验告诉我，这是"治标没治本"啊。和医生沟通，医生说："你看她是脚肿、腿肿、脸肿，其实她心脏和胃肠都有水肿。心脏水肿，就容易心衰；胃肠水肿，就吃不下饭，甚至呕吐。"我问："利尿药也吃着，怎么不好使了呢？"医生说："可能是吃的时间长，耐药了。"我问："换一种药呢？"医生说："口服药只有这两种。"我问："还有更好的办法吗？"医生说："她年纪太大了，这是功能性衰竭，没有好办法，只能是用药维持。这种情况随时都有生命危险，你得有心理准备。"当时我的心啊，比冰还凉。

我因无奈而心情沉重地离开了医生办公室，手下意识地伸进兜里，无意间摸到了头天晚上买的还剩了半盒的烟，就拐到楼梯的平台处。这地方经常有三五人徘徊，我偶尔也过去还和他们搭讪几句。他们有的是陪护老人，有的是陪护老伴……可今天我过去时却只有一个人，他看上去能有五十多岁，可能是没睡好觉或没洗脸的缘故而显得憔悴，脸上的肉懒懒的，表情有些木讷，看到我也没有一点儿表情的涟漪；头发有些长，还不规矩地支棱着，像是刚被龙卷风卷过；他吐出一团子雾状的烟，却也没罩住满下巴半寸来长白多黑少的胡茬儿；他呆滞也有点儿发红的眼睛总是盯着一个地方，我也不知道他是看还是没看。虽然不认识，我还是和他打了招呼，他勉强礼貌而机械地动了动面部的表情，说是陪护父亲，说他父亲得了脑血栓，这是第三次犯。我问他父亲多大年纪，他说六十五，我问他多大，他说四十三……这时听到走廊有人喊，他激灵一下，转身把手里尚未抽完的半截烟扔向墙角的小铁桶，但并没扔进去，又急忙过去补了一脚就跑了。到楼梯平台处的人，几乎都是带着满脸的愁云匆匆地来，大口大口地吸完一支烟，然后就匆匆地离开。

回到病房，看到母亲在病床上佝偻着，她已被病痛折磨得令我心酸：胳膊瘦得明显地露出了骨骼的形状，还吃力地搂着蜷缩着的腿，膝盖都快碰到了下巴。我感觉母亲的这个姿势，和我当初在她腹中的姿势一模一样。但趋势恰恰相反，那时的我是东方露白，而现在的母亲犹如落日折射的余光。

唉——我无奈地发出一声叹息。

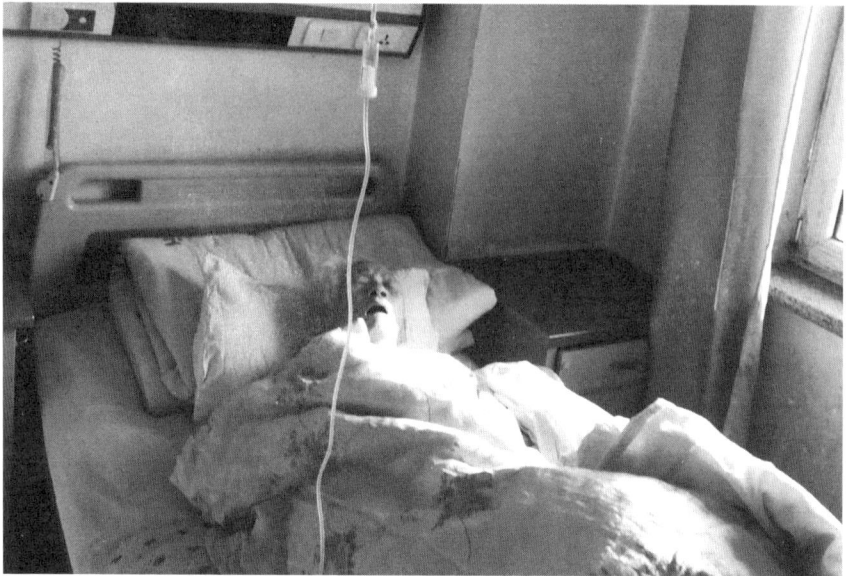

母亲已很危险了。我感觉就算她这次能挺过去，那么出现第四次水肿，就必定承受不住了。

我束手无策。

二哥病故那年的冬天，母亲先是感冒咳嗽，后来就吐血了。经省肿瘤医院确诊，是肺癌晚期，预判生存期为一到三年。得到这一结论后，我就想，如果按常规方式治疗，除了增加母亲的痛苦之外，不会有什么好结果，就无奈地放弃治疗了。

母亲生存期还有一到三年，那具体是多长时间呢？我不知道，我只能尽自己所能，好生侍候。幸运的是，转过年开春之后，母亲咳嗽、吐血的症状渐渐地轻了，慢慢不咳嗽也不吐血了，食欲、精神、体力和没得病时差不多，而且身体也没有明显消瘦。我姐也感觉奇怪，就带母亲到省肿瘤医院复查，发现她的癌症未经治疗竟神奇地好了！

一晃过了七八年。时光就是这样：回头看时，感觉很短；当下过着，觉得挺长。它如水一样地流淌，在不知不觉中改变着世界。母亲此后虽然病恹恹的，但还算平安地度过了三年。

母亲的反复水肿，发生在 2019 年 11—12 月间，难道真得"准备铁锹"了吗？

母亲那"救救我"的声音总在我耳边回响，她不舍的目光令我不忍放弃。

我就想，光利尿消肿肯定不行，必须找出水肿的原因，也只有找出水肿的原因，才能从根本上对症治疗。

可水肿的原因到底是什么呢？医生说的"功能性衰竭"，我不怎么认可，我认为母亲还没到这个程度。

无奈，我就在网上查：水肿，有心病性水肿，也有肝病性水肿，还有肾病性水肿，等等。那些对水肿原因的介绍、分析、论证，我翻来覆去怎么也看不懂。在无望之际，我却看到了最后的一句话："老年人白蛋白缺失也能引起水肿。"这句话我看懂了，并且直觉告诉我，母亲很可能是白蛋白不足，并且这是最后的希望。我带着侥幸的心理又去找医生，医生立刻就安排了护士采血。

验血报告单显示：白蛋白数值为 33，而参考值是 40—55。果然是白蛋白不足！

　　不足就补。找到了水肿的原因就像是抓住了最后的一根稻草，我那已经要崩溃的信心立马像打了兴奋剂一样。

　　但县医院没有白蛋白，听说本地药房也不允许经销白蛋白。知道了这些情况后，我就赶紧托朋友从省城买了五瓶人血白蛋白。用了之后，没再出现水肿！当时我就有点儿飘了，还沾沾自喜地佩服了一回自己。

　　但我高兴得太早了，事还没完。那时我还不知道，新的更大的危险、更大的挑战，就像"鬼子进村"似的闯到了我的门外，龇牙瞪眼地抬起了装着蹄子钉了铁掌的皮靴……

手　疗

母亲用了五瓶白蛋白之后，水肿的问题解决了，但胃口并没变好。什么东西她都吃不了几口，吃什么都说不是原来的味道，不如以前的东西好吃。她就抱怨，说我不给她做好吃的。我问母亲想吃什么，她又说不出来。母亲白天睡觉的时间长，晚上却很少睡觉，用搂着的招也不灵了。

这段时间，母亲更瘦了，瘦得让我揪心。母亲打不起精神，对以前热衷的讲故事、唠嗑等都不感兴趣，也不给我挠背了。母亲整日躺在床上，和她说话，她只是勉强地点头或摇头，只有喊"老娘"的时候，她才能用力地睁一下呆滞无神的眼睛。

母亲饭量越来越小，到 2020 年春节前，也就是从腊月二十七日那天开始，她不吃不喝了。喂母亲饭，她就皱着眉紧紧地闭着嘴摇头。

我有几个朋友，在我记忆中，他们家的老人最后就是不吃不喝，好像都是不长时间就走了。

难道母亲真的就得离开我了吗？

这几年吃饭时，我总是让母亲先吃，她吃一会儿后，我再和她一起吃，我要是下桌了，她往往就不吃了。而有我陪着，她就能多吃点儿。这段时间，母亲吃饭得喂了。因为母亲吃得慢，在她嚼的过程中，我也吃饭，我俩用的是同一双筷子同一个羹匙，她吃剩的饭最后都被我吃了。有人问我："不嫌弃吗？"其实，在我的内心，母亲就是我，我就是母亲，她中有我，我中有她。这是一种天长地久的相互渗透，是一种融入彼此生命的依恋和温暖。我与母亲早已一体化了，我们是一棵大树，我是飘荡于空中的树梢，母亲是扎于土壤的树根，我的营养都是母亲供给的；我们是一条河，我是容易泛滥的河水，母亲是规范、引导我奔向大海或流入农田的河堤；我们是一只船，我是漂泊的船身，母亲是扬起的帆，她使我不迷失方向而驶向心中的彼岸。我是母亲身上掉下的肉，和母亲血肉相连，不存在谁嫌弃谁的问题。

2019 年秋天的时候，母亲就不愿吃饭了。那时也看过医生，吃了健胃消食片、奥美拉唑、大山楂丸等母亲以前常吃的药，但都没有效果。有一个到现在我都没能破解的问题，那就是母亲总喊饿又吃很少。我做好了饭，有时母亲勉强吃一点儿，有时一点儿也不吃。可我刚把饭菜端下去，母亲又喊饿，经常是一晚上得弄五六遍饭。

　　母亲喊饿的声音让我揪心，因没弄清原因没找到办法我也有些烦躁。但我不能也不忍把内心的情绪写在脸上或显露在言语上。

　　母亲揪心的饿的呼喊，渐渐地唤醒了沉睡在我心中十多年的一桩往事：有一个大我十多岁的朋友，他平时很关照我。有一天，我们俩在他家唠嗑时，他八十多岁的失能母亲在另一个房间喊"饿"。当时他只是过去看了一下，但并没给弄吃的。过了一会儿，他母亲又喊"饿"。我实在不忍，就说："你给她弄点儿吃的呗。"他说："她不是真饿，弄了她也不能吃。"我以为他没给母亲弄吃的是为了陪我，就赶紧走了。半年后，他母亲去世了。参加葬礼时，他隔壁的邻居把我叫到一边神秘兮兮地说："他妈是饿死的，我经常听到他妈喊饿。"他这么一说，我就想起了半年前的事。那时我就感觉这样的朋友不能再交了，渐渐就和他疏远了。这么多年之后，我母亲也出现了饿而不吃的现象，这时才知道当初是冤枉他了。不只是我冤枉了他，还有别人也冤枉了他。我就想，我应当把"老人喊饿又不吃"这个现象讲出来，否则的话，不仅我那个朋友继续被冤枉，还会有别人被冤枉。我更希望从医者能够早日破解这个问题。

都说耳听为虚，现在看来，有时眼见也未必就属实呀！

母亲不吃不喝，这是燃眉之急。九十四岁的母亲虽然闯过了三肿三消，但在这一过程中，她的消化器官已受到了严重损伤。不能吃不能喝，这说明母亲已没有胃肠蠕动的能力了。消化器官受到损伤，这得慢慢恢复，当务之急是赶紧让母亲胃肠蠕动。那怎么才能让母亲胃肠蠕动呢？

医院已没有办法了。我请教了几位知名的医生，他们都无奈地表示爱莫能助。我又到网上查，点"老人不吃不喝"，答案基本一样，那就是"准备后事"。这时我才真正知道了"三肿三消"的厉害。"三肿三消，准备铁锹"真是不虚传啊。

我已无助了，就默默地在心里对自己说："我不能也不应该放弃，我必须得竭尽全力，只有坚持不懈才可能创造奇迹。"于是，我就又开始了思考……

腊月二十八日那天中午，我到不远处的小商店买东西。平常这家商店很冷清，但这时店内有四五个人，我觉得都面熟，知道他们是林场的下岗职工。他们在谈论各自都买了什么，愿意喝什么样的酒，说不知道自己想吃什么，还都表示这段时间打麻将点子好……从那些愉悦欣慰自豪的脸上，感觉他们好像都有钱有闲有心情。不知怎么回事，他们都认识我，还热情友善地和我打了招呼，并关心地询问了我母亲的近况。

回来的路上，我看到邻居家大人在扫院子、打扫卫生，大门两边的柱子上有祝福吉祥的大红对子，两扇门板上也分别贴好了倒着的凹凸的立体感很强的大"福"字。抬眼望去，家家的门上都挂着红——过年的氛围已很浓了。我的心很沉重，别人家是欢天喜地过着团圆的大年，可我的母亲却生命垂危地困在了鬼门关里。

突然有两个孩子从胡同钻出来，跑到雪地上高兴地追逐戏耍。这勾起了我遥远的回忆：小的时候就盼着过年，因为过年时没有学习的负担，可以饱饱地吃、尽情地玩，还能穿着母亲给我做的新衣服挺胸抬头地到处显摆。唉，那样的日子再也没有了。

我低头急走，忽听啪的一声脆响，吓了我一跳，原来是戏耍的孩子零星地放着鞭炮。我从家出来时，大门前的矮树上蹲了很多鸟，数不清个数，喳喳不停地叫。它们比我胆小，反应却比我快，早就飞得无影无踪了。刚回到院里，又听到震耳的连环两响，一个响在地上，一个响在天上，那是邻居家大人在放"二踢脚"。黑狗的尾巴紧紧地向下卷着，绕过两腿之间后又向上翘，尾尖都扎到了肚皮，如果没有肚子挡着，尾巴就能卷成一个圆。但在我面前，它还是假装勇敢地冲着响的方向汪汪地叫。

快过年了，一个好朋友到家里来看望我。他看到母亲的情况，要留下来陪我，被我谢绝了。他临走时不放心地说："今晚我不关手机，如果夜里有情况，随时打电话，我来帮你料理。"简单的几句话，让我很受感动。同时，我也更清楚地意识到了自己当下的处境。

我毫无心绪，因为太阳缓缓地升起来了，我没有想到办法；太阳慢慢地落下去了，我还是束手无策。心随着暮色的加重越来越不安。夜深了，我在院子中徘徊，月亮躲起来了，星星也闭上了眼睛，天地间是无尽的黑暗。屋里的灯无声地亮着，母亲静静地在床上躺着。她不吃不喝不拉不尿，也不需要我再为她做什么了。我感到了身心的疲惫，就和衣躺在母亲的身边思考……墙上的时钟嘀嗒嘀嗒响着，但我不知道是什么时间，更不知道那嘀嗒嘀嗒的声音是否会突然停止。

伴着时钟的脚步声，我回到了童年，躺在母亲怀里撒娇。母亲并不老，她抚摸我，给我挠痒痒，还像在草里找东西一样地摆弄我的头发。我说肚子疼，母亲就给我揉肚子，我感觉她揉得很舒服，就说："我也给你揉揉肚子呗。"母亲笑着点头。当我伸手给母亲揉肚子的时候，手却摸空了——我睁开眼睛，原来是做了个梦。

我低头回味着梦中童年时的幸福时光，又扭头看着蜷缩在床上不吃不喝的母亲。这时我内心感受到了一种震撼：柔和的时光，它怎么转瞬间就魔幻般地改变了母亲的模样！

我再躺下，想续梦，想回到梦中接着给母亲揉肚子。但梦中和现实的情景都交织在了一起，像电影一样在我眼前浮现，我根本无法控制放映的开关，怎么也睡不着了。我就自言自语："老娘等着我揉肚子，我怎么就醒了呢？老娘等着我揉肚子。"我突然想到了揉肚子能使胃肠蠕动——终于找到了办法！不，准确地讲，是办法找到了我。

我马上给母亲揉肚子。怎么揉呢？母亲在床上平躺，我在她的右边朝她的方向侧躺，左臂搂着她的脖子，脑门贴着她的脸，右手以她肚脐为中心，顺时针揉她的腹部。刚给母亲揉时，她声音微弱地喊："疼——"我也感觉她腹部很硬，好像有腹肌似的，我就轻轻地揉。十多分钟后，我一点儿一点儿地试着逐渐用力，并将让母亲胃肠蠕动的意念都集中在手上。我说："这么揉行不？"母亲没说话，只是微微地点点头。揉着揉着，母亲睡着了，还打起了呼噜。她能睡着，证明揉肚子有效，这更坚定了我揉下去的信心。我就这么揉啊揉，揉啊揉，两小时揉一次，每次揉半个小时左右。第一天，我发现母亲痛苦的表情少了；第二天，母亲想喝点儿水了；第三天，母亲能喝半碗小米粥了。终于又一次化解了危机！

那天是 2020 年的大年初一。我没有放鞭炮，也忘了包饺子，却觉得自己是无比幸运的。

情爱无言，灵魂有声。我默默地给自己点了赞。

我继续给母亲揉肚子。半个多月后，母亲的饮食基本恢复正常了。

每次危机过后，我都有种失而复得的喜悦；每次失而复得，都让我更加珍惜和母亲在一起亲情交融的美好时光。

为什么我用尽心思都没能想到的办法却通过一个梦想到了？而且这个办法简单、实用、有效！难道这就是梦寐以求吗？对此，我百思未得其解。但我知道，当下最紧要的是，了解母亲。

这次的经历，让我懂得了人生永远不要轻言放弃。世间没有什么不可能，从困苦到幸福，需要怀揣渴望地跋涉由坚持铺就的路。因为成功往往就在路的尽头等待着那些跋涉过来的人。

尴 尬

通过手疗，母亲能正常吃饭了，但这不是一劳永逸的事。以往的经验告诉我，一次小小的疏忽，就可能会带来无法预知的后果。我不能放松警惕，防患于未然是保证平安的最好办法。半个月后，我又带母亲到医院进行预防性治疗。一方面心脏房颤，需要扩冠、补充营养；另一方面白蛋白也可能有消耗，如果不足，应该及时再补两瓶。

虽然办理了住院手续，因母亲身体状况较好，她不愿在医院住，输完液，我和医生打了招呼就用轮椅推她回家了。

第二天早上，我帮母亲穿上衣服、洗完脸、梳了头，我就做饭。母亲很有食欲，吃了十五个韭菜鸡蛋馅儿饺子，还喝了一小碗饺子汤。小时候母亲就告诉我"原汤化原食"。吃完饭，我把母亲抱到坐便椅上说："该拉就拉该尿就尿，一会儿咱们去医院。"母亲在坐便椅上坐了一会儿说："没有。"把母亲抱到床上后，我到外面感受了一下气温，上午九点多钟，天气虽有些寒冷，但也有暖暖的阳光。进屋后，我和母亲分吃了一根香蕉。在准备给母亲穿大棉袄时，她说："还没涂雪花膏呢。"我给忘了，每次出去，她都想着涂雪花膏。

我和医生约定好了输液的时间。母亲涂完雪花膏，我贴近她的脸使劲闻一闻说："老娘，你怎么这么香呢？"她就抿着嘴笑。在母亲笑的时候，我麻利地给她穿上大棉袄，再把她抱到轮椅上，给她戴上帽子、手套，系好围巾，并用一件小毛毯盖在她腿上，就推着母亲出了家门。

前几天下了场大雪，路面有冰，凹凸不平。路的南面是水源保护的苏子河，北面是大片的农田。这条路我用轮椅推着母亲不知走了多少遍。夏天，能看到河道内清澈湍急的流水，能听到稻田里此起彼伏的蛙鸣，能闻到弥漫在空气中或淡或浓的稻花香。但现在都是一个模样，不论稻田、河道、群山，都铺着望不到尽头的皑皑白雪。我们是从东往西走，虽然背着光，但雪的晶莹闪烁还是让母亲眯着眼睛。轮椅不停地向前颠簸着，母亲时而左顾右盼，时而手搭凉棚……

二十多分钟就到了医院附近。这时母亲说要大便，我感觉情况不妙，就说："等一会儿，马上到了。"母亲说："憋不住了。"我赶紧加快脚步，推着轮椅小跑。这一跑，吸引来了不少疑惑的目光，我不管这些了。不到五分钟，护士看我推母亲进了病房，就去兑药了（我和医生约好了见人兑药）。同病房的人和我打招呼，我应付了一声，就赶紧给母亲摘帽子、围脖、手套，脱了大棉袄，之后将头熟练地钻到她右腋下，用右胳膊搂着她的腰，将她抱起，一转身的同时，用左手将她的裤子脱到膝盖，这样她就坐到了我在病房准备好的坐便椅上了。这时，我发现母亲早就拉了，拉了一裤兜的大便！而且大便顺着两腿已淌到了脚踝。

母亲以前也有这种情况。有时吃饭前我先把她抱到坐便椅坐一坐，她说没有，可饭吃到一半，她说要拉，我赶紧把她抱到坐便椅上，这时她已经拉裤兜里了……等给她擦洗干净换完衬裤后，饭已经凉了。夏天还好，可在冬天，不仅得重新热饭，而且还不能开窗户放味……这种情况在家里有条件处理，我都习惯了。但这次是在医院，我有些

不知所措，就抱怨母亲："在家让你拉，你不拉，现在拉了一裤兜，这让我怎么整？"母亲没说什么，就像是犯了错的孩子，茫然无措地看着我。

我把母亲鞋脱了，袜子脱了，毛裤脱了，最后把衬裤也脱了。衬裤已被大便浸透，腿上也都是大便。在我手忙脚乱之时，护士推车来打针……我知道影响了别人，感觉很愧疚，头一次经历谁都能想象到的尴尬！

我准备不足，只带了一点儿手纸，根本不够用，就在病房里向另一个患者借了一卷手纸，急急忙忙给母亲擦了一遍。一卷手纸都用完了，最后也没能擦净，还弄了自己一手……当我把母亲抱到病床上坐好时，她无奈地看着我并自责地说："我也不想这样，憋不住，我老了，真没用。"

为什么小孩子

大小便在裤子里

能被原谅，

而老人

却不能被原谅？

因为他们

没有了爸爸妈妈。

看着可怜的母亲，我心里酸酸的也不是滋味，自责地用双臂搂着母亲的头和她贴了贴脸，以此来化解刚才对母亲的抱怨。

病房里弥漫着难闻的气味，但谁都没有表现出不满，还都向我投来友好的目光。多么善良的人啊！

打上点滴，我就想，早上给母亲吃的是韭菜鸡蛋馅儿饺子，出门前还让她吃了几口香蕉，这些都滑肠子。母亲坐轮椅颠簸二十来分钟后就控制不住地失禁了，这是我的失误，根本就不应该怪母亲。可刚才我还愚蠢地在母亲身上找原因。

以前，我只注重轮椅对母亲的精神作用。现在我明白了，颠簸的轮椅能促使母亲胃肠蠕动。

即将春暖花开。如果上天给我机会的话，2020 年，我将让母亲再度过一个轮椅上的春天！

输完液要往回走时，母亲说："你拿人家的手纸还没还呢。"我说："明天来的时候还。"母亲说："别忘啦，早点儿还。"

母亲"早点儿还"这句话，让我想起了很久以前的一段往事——

还　　钱

　　我曾在谁也不知道的情况下，"拿"了一个人八十元钱。后来，在母亲的催促下，还算及时地还了。

　　1988 年，我到市里一个很普通的专科学校上学，当时那个学校没有宿舍，家人想办法把我安排到了师专的教师宿舍。科长私下里问我："和部长是什么关系？"我随口说："他是我舅。"那之后，科长就很关照我。

　　师专的教师宿舍共有五个房间。第一年，我住的房间有四个人；第二年，我住的房间有两个人；第三年，我住单间了。住单间，当时只有我享受了这样的待遇。

　　我与住宿教师的关系都挺好。比如年轻的刘老师，他既是我的老乡，又在一个房间住过。那时，他还没结婚，我们经常从食堂打完饭回到宿舍一起吃。有一次，菜里有块肉皮。那时对我们而言，肉皮可是好东西，谁都想吃，又不舍得吃。他让我吃，我让他吃，让来让去，菜吃完了，只剩下了那块肉皮。最后我把肉皮一分为二，我俩笑着各吃了一半。肉皮含在嘴里还没品够味呢，一不小心，它就像泥鳅一样钻了下去。我抬头看刘老师，他也正空吧嗒着嘴怪怪地看着我呢。晚饭过后，我们俩经常在大阳台上下象棋，以至天黑之后，有人竟好奇地问："你们在那找什么呢？"现在回想，在那个困难阶段，生活却也有趣。

在我毕业那年春天的一个礼拜天，刘老师领一个年纪挺大的人到了我的宿舍，并介绍说："他是生物系黄老师，有点儿事求你。"我肃然起敬地赶紧上前和他握手、寒暄。黄老师个头不高，脸色有些苍白，挺瘦的，衣着朴素得有点儿寒酸，说话还带点外地的口音。

黄老师有些难为情地说："学校给我分了三室一厅的楼房，但被儿媳妇抢了，只给我们老两口留了一个小房间，东西没地方放，还受气。"我是学法律的，以为他要咨询法律上的事呢，就不解地问："你儿子不管她吗？"黄老师无奈地说："儿媳妇以前是打篮球的，身高一米七二，儿子打不过她。"说完，他就不好意思地笑了，也把我逗得憋不住地乐了。我书生气地大声说："你可以到法院告他们。"黄老师叹了一口气，低着头小声地说："儿子没能耐，还有小孙子。"他叹口气，接着说："我不忍心啊。"我问："那你找我想干什么呢？"他低头沉默了一会儿，谦卑地带着恳求的口吻说："我想到你宿舍来住，能行不？"这时，我才知道了他的来意，就说："到这住，得找保卫科，我说了不算。"他小心翼翼说："我跟保卫科说了，科长让我和你合计，说你同意他就同意。"我很惊讶，人家是正式教师，而我只是个借宿的，这太不公平了，一定是"部长是我舅"那句话起的作用。其实，我根本就不认识那个部长，当时只是"拉大旗，作虎皮"而已。我有些愧疚，但却笑着说："欢迎你来，以后靠你多多关照。"黄老师一听，马上就露出了一脸的笑容，很感激地谢了又谢。

过了一天，黄老师的几个学生扛进来七个扎了口的尼龙丝袋子，说里面是书，都堆在墙角了。还有行李，也铺在了对面的床上。但黄老师很少来住，只是有时中午过来睡一会儿。

有一天，我闲着无聊，想找本书看，就打开了一个尼龙丝口袋，选出了一本名字带"奇闻怪事"或"未解之谜"的书，具体书名想不起来了。没看几页，就发现书里夹着十元钱。我感觉奇怪，他怎么用钱当书签呢？可没翻几页，又发现十元钱……一共有八张崭新的十元票。那时，八十元钱可不是小数啊，相当于我两个多月的生活费。

当时我也挺困难，正急等着用钱。经过了激烈的思想斗争，我给自己找了个理由：算是借的，以后还。虽然有了理由，但把钱装进了自己的兜里，还是有些忐忑。再见到黄老师的时候，我的心就咚咚地跳，不敢直视他的眼睛。

几个月后，我毕业参加工作了。第一个月工资开了一百二十多元钱。拿到工资，我就想起了那八十元钱的事。当时交通条件不好，便拖着没去还，但心里总觉得是个放不下的事。有一天，我把这事和母亲说了。母亲一惊，脸色很难看地问："你打算怎么办？"我说："我得还他。"母亲瞪着我又问："什么时间还？"我说："等有机会就还。"母亲就急眼了，狠狠地数落了我一顿，最后以命令的口气说："明天就去还。"

第二天，我坐了三个多小时的客车才到了师专，这是毕业后第一次回去。在那住的时候，总想着回家；再回去的时候，感觉一草一木都亲切。先见了刘老师，他热情地要招待我。我说："就到食堂打饭，回宿舍吃，找找以前的感觉。"他问："还想见谁？"我说："黄老师。"他问："哪个黄老师？"我说："住我宿舍那个。"

我和刘老师还有黄老师一起吃的午饭。吃饭的时候，因刘老师在场，我没好意思提还钱的事，只是叙旧而已。

吃完饭，刘老师上课去了。我鼓起勇气对黄老师说："这次是专为找你而来。"黄老师一愣，疑惑地看着我。箭在弦上，不得不发了，我硬着头皮把"八十元钱的事"及母亲的态度说了。黄老师听完后，笑着摇头，很自信地说："这不可能，我书里从来也没放过钱，别逗了。"我很认真地说："事是我经历的，千真万确。这次来，就是为了还你钱。"黄老师半信半疑地说："就算是真的，我也不要了。"

我有些意外，就大声地说："我坐了三个多小时的车，就为这个事。你不要，我不白来了吗？"人一旦无私，就有了底气，我竟然敢直视黄老师的眼睛了！这时，他信了。但他却很慈善地说："你才上班，挣得少，能和我说了这个事，我很高兴，就算是我收了。"我很为难地说："那不行啊，你不要，我妈也不同意啊。"黄老师看我态度诚恳又坚决，就勉强地把钱收了。接钱的时候，他还连声地说："谢谢！谢谢！"我不好意思地说："你不应谢我，是我对不起你呀。"过了一会儿，黄老师点着头说："你妈是个伟大的母亲。"接着他又笑着说："下次再来，我请你吃饭。"

早上去的时候，还有些打怵，怕黄老师损我；还完钱，我才知道，黄老师是那样宽容和友善。

当天下午，我辞别了黄老师，黄昏之时，回到了小镇。路上灰大，客车封闭又不严，下车的时候，我抖了抖衣服上的风尘，顿感一身轻松，仿佛解开了沉重的枷锁。

回到家，我把经过告诉了母亲。母亲看着我说："人得有骨气，'冻死迎风站，饿死不弯腰'，这话你都忘啦？"接着又说："下不为例。"说完，她就去做饭了。

寒假的时候，刘老师回来了。在闲聊过程中，我提到了黄老师。刘老师叹了口气，惋惜地说："没了。"我一愣，惊讶地问："怎么没的？"他说："心梗。"我问："多长时间了？"他说："快两个月了。"我无奈地发出一声叹息。

世事变幻，斗转星移。以前经历的事和结识的人，好多都淡出了记忆。但母亲"早点儿还"这句话，让我激灵一下想起了黄老师，眼前又浮现出黄老师那谦虚、和蔼、亲切的表情，以及"房子被抢"的无奈和"儿子打不过儿媳"的沮丧，还想起了还八十元钱的时候，黄老师说的"下次再来，我请你吃饭"那句话。

看着坐在轮椅上的母亲，我就想：如果当初不是母亲的督促，那很可能就错过了还钱的机会。如此的话，我将永远背着良心的债。

洗　　澡

　　从医院回到家里，我先给母亲吃了四季感冒片，紧接着就做饭，同时把卫生间的电暖气打开。

　　吃完饭，我跟母亲商量给她洗澡，她欣然地点头接受。我把母亲抱到卫生间的坐便器上，给她脱了衣服，帮她将脚放进水盆中。试完水，淋浴了十来分钟，打肥皂，再把肥皂沫冲掉，然后给她搓澡。当看到那么多老皮屑和日积月累的尘埃掺和在一起从母亲身上纷纷滚落的时候，我隐约感到一丝愧疚：入冬以来，还是头一次给母亲洗澡。平时只是用热毛巾擦擦局部，如果不是母亲失禁拉了一裤兜大便，那今天也不会想起给她洗澡。我阿Q了一下：冬天怕感冒。搓完澡，打浴液，我把母亲全身都擦拭了一遍。母亲皮肤白而细腻，只是松懈褶多。我问母亲："你肉皮怎么这么滑溜呢？"她没说原因，只是微微地笑。

　　我用毛巾将母亲身上的水珠擦干，这时水雾已散。给母亲穿衣服前，我仔细端详：眼睛变小了，眼珠已向眼眶内塌陷；脖子明显比以前细了，锁骨突兀，肋骨靠视觉就能数出根数；小腹没有赘肉，肚皮平行堆积褶皱着，靠右侧阑尾炎手术留下的缝痕清晰可见；侧着看，大腿有肉，但可怜的那点儿肉已离开了骨头而下坠着，所以从上往下看，膝盖处比大腿还粗；两个乳房早已干瘪了，却重重地低垂着，那上面仿佛还有我的齿痕——这是我生命的源泉！或许是它过多地消耗了母亲的能量并长年累月地坠驼了母亲的背。

我想起母亲以前唱过的歌谣：我家有个胖娃娃，不吃饭，不喝茶，整日吃妈妈……

看着满头白发、眼花耳背、瘦弱得背脊骨都突出、腿僵硬得不能伸直也不能站立的母亲，我鼻根发酸，深深感受到了一种难以承受的无奈和苍凉！

洗完澡，母亲睡着了。她的呼噜声，好听，还有点儿甜。

解　扣

　　母亲有的时候有了毛病不愿去医院，还有的时候没有毛病却主动要求去医院。

　　这不，刚出院没几天，母亲就说："感觉不得劲，想去医院看看。"我说："刚出院，不用去吧。"但过了一会儿，母亲又说要去。我问母亲哪儿不得劲，她又说不出。母亲有这种要求，不去是不行的。如果不去，解不了她的心疑，可能就真的来毛病。

　　我和医生通了电话。介绍完母亲的情况后，还和医生谈了自己的想法，逗得医生哈哈大笑。

　　到了医院，医生给母亲量了血压、号了脉后，就按我和他电话沟通的想法说："身体挺好，啥事也没有。"在我们要走的时候医生又补充了一句："好好养着吧。"母亲就笑着说："谢谢！"医生也忍不住地笑。

　　刚出了医生办公室，母亲突然说："我要大便。"我说："能憋住不？"母亲说："憋不住啊。"我赶紧推着母亲到了卫生间。看了一下，卫生间里都是蹲便，没有坐便器。这时母亲着急地喊："憋不住啦。"情急之下，我忙把母亲抱起，将裤子半脱下，当她的大腿刚坐到洗拖布大水池子沿上的时候，就哗哗地拉了一泡大便。还好，没拉裤兜里。正拉着呢，背后突然有人大喊，吓了我一跳，但没听清喊的是什么。我双手护着母亲，回头一看，是个五十多岁的女人，正一脸愤怒地瞪着眼睛冲我喊："你干什么？怎么往水池子里大便？"女人说的时候，还用手比画着，那手势、表情、语调配合得浑然一体，就像是恐怖的交响乐。我自知理亏，就抱歉地说："哎呀，不好意思，她突然要拉，我也没有办法。"女人余怒未消地站在门口大声地说："你得给我收拾干净，要不然的话，就别想走。"这时，门外已站着几个看客，都用疑惑的眼神瞅着我呢。我小声地说："知道了。"

给母亲揩完后，我将她抱起来，提上裤子，让她坐在了轮椅上。

安顿好母亲，我把水龙头打开，顺水冲洗。我又找了块抹布擦了水池子，擦得比以前更白了。

我对仍站在门口监视着我的女人说："你看刷得行不？"她语气缓和地说："都不容易，就这样吧。"交响乐瞬间落下了帷幕。

出了医院，母亲说："刚才那人说的啥？"我说："她说你没拉裤兜里，挺厉害。是表扬你呢。"母亲笑着说："我是使劲憋着啦。"那语气，很是带着成功者的自信。

不久之后，我又见到了那个发怒的女人。这时才知道她是这个楼层的保洁工。以前的保洁工我认识，可能是她们换岗了。这次母亲住的病房正对着保洁的小屋。那小屋里放了些打扫卫生的杂物，还有把椅子，是北间，见不到光。

她在病房拖地的时候，我主动和她打了招呼。她一愣，或许是认出了我，脸上有些尴尬，但我们谁也没提以前的事。

我是医院的常客，于是我们渐渐熟识了。

不知为什么，病人少的时候，她干完活儿，就愿意到母亲的病房休息，我们也就多了唠嗑的机会。

她家住在镇西边的平房，早晨四点半就骑车来上班，八点半护士打针前，必须打扫完一遍卫生，中午还得打扫一遍。工作也挺辛苦的。

她说："我在医院干保洁五六年了，就没见过你这么伺候老人的。我观察你挺长时间了，就凭你嘴对嘴喂饭，别人就做不到。"

我还真没发现她在观察我。

母亲啃不动烀熟的苞米，我就嚼完后嘴对嘴给她，吃水果也是这样。刚开始这么喂母亲时候，她经常咬到我的

舌头。时间长了，动作就默契了，像赛场上运动员手里的接力棒。

接着她哽咽着低声地说："看到你伺候妈，我就想起了我妈，想起了小的时候，我妈也是这么喂我，但我没伺候着……"

后来，她给我提供了很多帮助。比如，我到前楼取化验单的时候，她就临时帮我照看一下母亲；天冷的时候，她就用矿泉水瓶装了热水放在母亲脚下；干完活儿空闲的时候，她还经常和母亲拉着手唠嗑……有人误认为她是母亲的女儿。

先前在卫生间发生的事，是偶然的，当时还觉得她挺刁；后来我们相处得很融洽，是必然的，因为她很善良。

话语的力量

唠嗑是我陪伴母亲过程中的一项重要内容，这对解除她寂寞、愉悦她精神起到了不可替代的作用。

有人说："高龄老人糊里糊涂，没什么可唠的。"

唠嗑，一般有三种情形：一、满足自己的需求。二、满足对方的需求。三、满足双方的需求。而和老人唠嗑，必须是满足老人的需求，这是出发点。否则的话，就会感觉没有共同语言。老人需要倾听，陪老人聊天，就是为老人倾诉创造了最好的机会。

和老人唠什么呢？这其实很简单，但也得下一点儿功夫。我们首先得了解老人的经历、智力、记忆力、性格、身体状况、精神需求等，在此基础上，筛选出老人感觉得意的、自豪的、荣耀的、有趣的等一系列话题。有了这些素材，只要我们提个问，开个头，老人就会打开话匣子。在老人讲的过程中，我们要对精彩的情节打断并提问，让他重讲。老人讲完后，我们就表扬他、夸奖他、崇拜他。

这不仅解除了老人的寂寞，还让老人当了主讲人，成了核心，找到了存在感，老人讲起来就兴趣盎然、滔滔不绝了。但我们得掌握好分寸，适可而止，不能累着老人。

由于高龄老人的记忆力不好，他们讲完很快就忘了，所以我们不必担心话题老旧的问题。有那么多的素材，我们可以车轱辘式地重复使用，对老人而言，每一次讲，都像是第一次讲。

到了 2020 年，母亲的智力、体力和记忆力等都严重减退了，新发生的事、刚说过的话，马上就忘了。母亲耳朵背得愈加严重，眼睛也视物模糊，别人和她说话，她很难听清，即便听清了，因反应迟钝，也难以交流。但我和母亲唠嗑却很容易，因为我和她唠的都是她感兴趣并且以前唠过千遍万遍的嗑。我说上句，母亲不假思索就能说出下句。

我一只手拉着她的手，另一只手搂着她的肩膀，嘴贴近她的耳朵和她唠嗑。现将部分内容摘录如下：

（一）

我问："谁是老娘？"

她说："我是老娘。"

我问："谁是于老师？"

她说："我是于老师。"

我问："谁是小桂子？"

她说："我是小桂子。"

我问："谁是赵宝鸾？"

她说："我是赵宝鸾。"

我问："谁是小淘气？"

她说："我是小淘气。"

我问："你怎么叫小淘气呢？"

她笑着说："我小时候淘气，哈哈哈……"

（二）

我问："谁是老娘？"

她用右手大拇指指着自己的鼻子说："我是老娘。"

我问："我有几个老娘？"

她说："就一个，就是我。"

我说："一个老娘太少了，我出去再找一个。"

她说："你找不着，全天下就我一个。"

我说："有个老太太，她说她是我老娘。我就分不清了，就让她给我挠痒痒。她挠的时候，我感觉不舒服，就知道她不是我老娘了。"

她笑着说："她是假的。"

（三）

我问："谁是于老师？"

她说："我是于老师。"

我喊："打铃啦——"

她说："上课啦——"

我说："学生给你敬礼啦——"

她说："老师还礼啦——"

我问："怎么外面的人都认识你呢？"

她说："我当过老师呗。"

我问："他们一说起你就伸大拇手指头，这是什么意思呢？"

她很自豪地说："这是'好'的意思。"

（四）

我喊："小桂子——"

她答："唉——"

我喊："回家吃饭啦——"

她答："知道啦——"

我说："小桂子，你淘气没？"

她很坦然地说："没淘气。"

我说："淘气怎么办？"

她顽皮地笑着说："淘气打我屁股。哈哈哈……"

（五）

我说："大路朝天。"

她说："各走一边。"

我说："不挠不刺挠。"

她说："一挠就刺挠。"

我说："刺挠怎么办？"

她说："刺挠就得挠。"

（六）

我说："他们说于老师可厉害啦！"

她说："他们怎么说？"

我说："他们说于老师课讲得好，人跑得快，还得过二等奖！"

她就自豪地说："对，对。"

我说："我问他们谁是于老师，他们哈哈大笑地说是你！"

她就笑着说："你感觉光荣不？"

我说："我和你借光啦。"

（七）

我说："我问你个事。"

她说："啥事？"

我说："我是谁养大的？"

她说："是我养大的呗。"

我问："我会的东西都是谁教的？"

她说："是我教的呗。"

我说："以后你还得教我。"

她就连连点头说："对，对。"

（八）

我说："老娘，你多大年纪啦？"

她用双手比画着说："八十有三。"

我说："我认识个老头——"

她哈哈笑着说："他说我年轻……"

以上的话，我和母亲说了无数遍。或许有人认为这都是些废话，但我知道，就是这些话，让母亲自豪、自信，倍感亲情的温暖。在母亲生命的最后阶段，这些简单的话语每天都触碰着她的心灵，慰藉着她的精神，使她不孤独寂寞，并能忍着难以想象的衰老病痛之苦，满怀期盼地熬过每一个漫长漆黑的夜晚，亲情交融地度过每一个变幻莫测的白天。

依　恋

2020 年 8 月，那时母亲的视力已模糊了，勉强能分清我用手指在她面前比画的"二"和"三"；她耳朵也背得厉害，但还能听见我说的话。

那天我想回家取点儿东西，就用轮椅推着母亲到了邻居家在路边的小商店。店主姓马，我们相识多年，关系也很好。我说："马哥，求你帮我照看一下老娘，我骑你电动自行车回趟家，一会儿就回来。"他很爽快地答应了。

过了二十多分钟，我回来的时候，在门外就听到母亲正"权——权——"地喊我呢，我仿佛不是用耳朵，而是用心感受到的。我赶紧进屋走到母亲身后并伸出双手抚摸她的脸，我一摸她，她立刻就知道是我了。母亲有些激动地抬起颤抖着的手急切地抓住我的手，像受了委屈似的说："权啊，你上哪儿啦？"说完就一个劲儿地亲我的手，她那么陶醉呀，好像我已离开了很久很久。我说："回家取点儿东西，这不回来了吗？"母亲带着"乞求"的口吻说："妈想你，妈离不开你，你别走啊。"我大声地安慰她说："我也离不开你，咱俩谁也离不开谁，我就在你身边。"说完，就习惯性地弯腰在母亲脸上亲了几口。这几口，如灵丹妙药，她的情绪马上平稳了。

我早已不知不觉地养成了一个习惯，那就是经常亲母亲，按顺序亲她的左脸、右脸、脑门和下巴，还轻轻地咬她的鼻子。亲完母亲，我把自己的脸贴近母亲的嘴边，母亲也很高兴地使劲亲我几口。这是我们俩长期摸索的一种无声的语言。

这时马哥说话了："你才走她就不干了，刚才来了几个人，谁也不行，她就要找你，真像婴儿找娘啊。如果不是亲眼所见，我真不敢相信是这样。"说这话的时候，我见马哥眼里含着泪。

马哥的话，拨动了我的思绪。我就想，风烛残年的老人恋子女，就像年幼的孩子恋母亲。当初孩子恋母亲之时，母亲也恋孩子；而老人恋子女之时，子女往往不恋老人啦。

守护的办法

感谢苍天，感谢大地。2020 年，母亲艰难地度过了轮椅上的春天，也艰难地度过了轮椅上的夏天。金秋十月，在暖暖的晴空下，母亲经常坐在轮椅上悠闲地晒着太阳……虽然这期间住了九次院，但她仍然顽强地生活在我的身旁！她唠叨时，我是听众；她想唠嗑时，我是搭档；生活照料，我当保姆；饮食方面，我当厨师；保养身体，我当保健医生；她发号施令时，我当勤务兵；她寂寞时，我当开心果；她沮丧时，我找理由表扬她、夸奖她、崇拜她，当心理医生……我在总结、在思考，思考如何做才能和母亲一起度过即将到来、令我生畏、令我恐惧的 2020 年这个变幻莫测的冬天。

我已不能像对待孩子而应当像对待婴儿一样全方位精心地照料母亲：吃饭，得喂；睡觉，得搂；大小便，得问、得抱、得擦；情绪不好，得哄；未病之病，得防……母亲的生命如风中即将燃尽之弱烛，虽然有我全力遮风挡雨，但也随时都有熄灭之可能。我日夜守护的小火苗啊，你曾是我生命的依托，是我生活的港湾，是我命运的风帆。你是我的来处，是我的根啊！现在你每一次微小的晃动，每一个吃力的摇摆，都令我惊恐，让我不安。我如临深渊、如履薄冰地默默祈祷：母亲啊，我期待着能与你一起迎接 2021 年的第一缕阳光！

老人一旦卧床，生命往往就不长了。针对这种情况，我总结出了三种原因：

一是老人因缺少必要的活动而导致器官功能快速地衰竭。

老人卧床后，其自身基本丧失了活动的能力。如果不借助外力，那只能躺在床上。我曾因腰损伤不能动而躺了几天，第一天感觉还可以，第二天感觉不舒服，第三天就感觉全身的肉都难受。为什么会出现这种情况呢？因为不活动血液循环就不畅，机体就缺氧。短期只是难受，时间一长，肌肉就萎缩了。内脏器官虽然肉眼看不到，那也必然受到同样的影响。我们年轻人都这样，老年人更是如此呀。老人缺少必要的活动，这是普遍的、隐形的杀手。

二是老人感受不到生活的快乐而悲观绝望。

老人不能活动，往往就力不从心地被困在了狭小单调的空间里，他们接触不到社会，更感受不到自然的风光。这种生活都赶不上牢狱，并且永远也没有改变的希望。如果子女再嫌弃地唠叨埋怨，必然导致老人悲观绝望。心已死，身如何能生呢？

三是对于老人的疾病，预防不到位、发现不及时、治疗不得当。

中医讲的"治未病之病"，我理解这就是防病。人老气衰，免疫力低，因而容易得病。如果不慎防，那就像是河水没有了堤坝，一旦洪水到来，必然得泛滥成灾。

疾病都是有前兆的。如果发现不及时，小病就会变成大病，就难治啦。谚语说的"养病如养虎"，不假呀。

有了病需要到医院治疗，但医生负责那么多的患者，短时间内往往难以对病情做出精准的诊断。诊断不精准，必然影响治疗效果，而老人是等不起的。

以上三种情况，都是老人相对早逝的原因。

通过长时间的实践和思考，结合业余时间学习《老年心理学》《老年护理学》《中医基础理论》及《黄帝内经》等知识，我已总结出了自己的一套守护母亲的办法。那就是在细心、用心、耐心地照料好母亲生活、慰藉好母亲精神的前提下，及时地处理好下列问题：

一、看住母亲的脚。如有水肿现象，要趁早给她服利尿药或打利尿针，并找出水肿原因对症治疗。水肿现象看似无关紧要，其实它是致命疾病的风向标。

二、给母亲补气。冬天即将来临，大自然阳降阴升，母亲年纪太大了，气亏，气亏则血难行。而用人参、党参、黄芪等补气，能增强她生命的动力。

三、确保母亲不贫血、不缺白蛋白。我认为这是母亲的生命之本。如果贫血或缺白蛋白，应及时补上，否则的话，怎么治疗都不会有好的疗效。

四、保持适当活动。流水不腐，户枢不蠹，这是自然之理。母亲因自身条件所限，往往缺少活动。有人说生命在于动，有人说生命在于静，我认为最佳状态是让母亲心静而身动。冬天寒冷，不宜经常用轮椅推母亲出去，我不能让她总卧床，而应该帮她在室内适当地活动。

五、关注母亲身体的细微变化。老房子是容易漏的，老人是容易得病的，而疾病又都是由轻到重有蛛丝马迹的。如果早发现、早治疗，治好小病也不难。能否早发现、早治疗，这是我的事；能不能治好，是另一回事，有运气的成分。

六、坚持每天给母亲揉肚子。不能自理的老人，因胃肠蠕动不好，往往被"吃"和"拉"的问题所困扰。通过实践、观察和思考，我感觉要解决"吃"的问题，应先解决"拉"的问题。而揉肚子能促使胃肠蠕动，这既益于对食物的消化吸收，也利于大便畅通。给母亲揉肚子之前，她三四天才排一次便，通过揉肚子，她一两天就能排一次便。大便畅通了，吃的自然就多了。揉肚子，这个办法虽然土些，但能解决老人"拉"的问题，是简单有效的很奇妙的养生办法。

我有个朋友，他父亲九十岁了，处于半失能状态，老人大便干燥，靠通便药四五天才能很困难地排一次便。我建议给老人揉肚子，过了一段时间，朋友告诉我这个办法效果非常好。

据我观察，在东北，每年有两个时段对老人身体不利，那就是开春河冰开化时段和入冬河水结冰时段。这两个时段气温变化较大，对患有心脏病、高血压及哮喘病的老人而言是多事之秋。母亲有心脏病，往年这两个时段她都是被动地住院。我发现这个规律后，就主动出击：在这两个时段到来之前，领她到医院进行预防性治疗。此后每年的二、三月份和十一、十二月份，当许多老年人集中住院致使医院的心脑肺科病房人满为患时，我母亲基本还算是平安的。

不能自理的老人，他们就像秋天熟透的果实，经历一场风雨可能就落了。大自然既有风和日丽，也有暴风骤雨，而子女精心地照料，细心地观察，发现风吹草动及时防患于未然，这就是为老人遮风挡雨。

保护好老人身体，生活照料和精神慰藉是主要的，而治疗是必要的，但也是辅助的。因为所有的药都是双刃剑，都有副作用，而喜乐的心，才是老人颐养天年最好的妙药良方。因此，我领母亲进行预防性治疗，一般情况下住院不超过四天。

处理好上述问题，不仅能减轻母亲的危险程度，而且能提升她那让我看着都心疼的生活质量。2017年至2019年这三年间，母亲每年都休克十余次。在总结出上述陪护原则和方法并付诸实践后，母亲身体虽然依旧很弱，但一次都没休克过。

通过一系列的实践，我就想：老人的需求并不复杂，只要我们细心、用心、耐心地观察、思考、学习、揣摩，那么时间长了，我们不知不觉地手中就有了庖丁的刀，好多难题都会迎刃而解。

熬过严冬

2020 年入冬以来，辽东山区罕见地没下一场雪。天气干冷，室外最低气温已达零下 30 摄氏度，滴水成冰。我和母亲住的平房靠烧火取暖，室内有火炕和床，还有土暖气，我早上把火生着，晚上十一点才停火。火炕是我亲手盘的，炕面加了一层砖，厚度是普通炕的一倍，到早晨生火时还热着。母亲反应迟钝了，我不敢让她住炕，怕出现烫伤。

母亲就像婴儿，她早已离不开我了。我和母亲住一张床，盖一个被。这样，她随时都能摸着我，但多数时间是我在摸着她、搂着她。我和母亲说："我小的时候，你就这么搂着我，对不？"母亲眼睛都亮了，不住地点头，激动地说："对，以前我搂着你，现在你搂着我。"

我小的时候，母亲是家长，她生我、养我、教育我、牵挂我，并给我暖暖的怀抱；现在，母亲老了，我把她当孩子，陪伴她、照料她、哄着她——但母亲毕竟是老人，我多大都是她内心牵挂的孩子。为了让母亲找到当初的感觉，我就经常钻到母亲的怀里撒娇。在母亲怀中，闻着母亲的体香，想怎样就怎样，不需要任何伪装。母亲的怀抱，不仅是我幼小时的天堂，也是我现在的天堂。我真担心天堂有一天会失火呀。

我给母亲梳头不用梳子，而是用四根手指。记得小时候，我最愿拱到母亲的怀里或躺在母亲的腿上让她给我抓头上的虮子，其实根本就没有虮子，我就是愿意让母亲像在乱草里找东西一样地摆弄我的头发。现在，我用手指给母亲梳头，也是想让她感受到当初我感受过的那种感觉。

有时，我乘母亲不备，还冷不丁地挠一下她的脚心。这么简单的一个小小的动作，不仅能通过刺激锻炼她的反应，还能逗得她哈哈大笑。

因平房接地气，室内温暖而不干燥，只是每天烧火也增加了很多麻烦。烧火虽然麻烦，但我更怕不麻烦。

母亲尿床频了，大便也经常失禁。为搞好母亲的卫生，我每天都用眼睛看，靠鼻子闻。春夏秋三个季节，褥子、小褥子、褥单、裤子洗完后在院子中晾，而在冬天，为了干得快，就只能是在炕上烙。

母亲的生命已滑到了山脚处，前面的路是陡崖还是缓坡，基本上就取决于我了，就像当初我幼小的生命取决于她。

忙碌着，寂寞着，无奈着，提心吊胆着，同时也亲情交融着，在每个白天及白天过后的晚上，在每个晚上及晚上过后的白天。

我经常和母亲说："老娘，我离不开你，离开你我没意思，你得陪着我。"母亲用慈爱的目光看着我说："权，你是妈的好儿子，妈也离不开你，咱俩谁也离不开谁，妈陪着你，妈永远陪着你。"

母亲就带着一种价值感，带着一种责任感，带着一种使命感，以顽强的精神，以超强的生命力，在阴与阳的交界线上痛并快乐地煎熬着，一点儿一点儿地蹒跚前行。我感觉母亲的脚步很沉重，她往前每蹭一小步，都吃力地摇晃，倍显艰难。衰老和病痛在母亲背上已堆积成了一座山，压得母亲经常沉重地喘息着。我很无奈，因为我没有办法直接分担。我只能当母亲的拐杖，手拉着手，肩挨着肩，我们娘儿俩共同努力着，齐心协力、风雨兼程地沿着泥泞坎坷之路，互相鼓励着小心谨慎地向前、向前。终于深一脚浅一脚、磕磕绊绊、连推带拽地走过了2020年！

母亲到了这个年纪，能支撑她精神的，唯有亲情，能够温暖她心灵的，也只有亲情。亲情交融已成为维系母亲生命的一棵核心稻草。

我就想，无论做任何事，只要用心，只要专注，只要坚持，再配以合理的方式方法，那就没有爬不过的山，也没有过不去的河。

生动的一课

走进 2021 年，这是 2020 年入冬时我努力追求的也是奢望实现的目标，而现在，它已变成了途中的一个驿站。虽然已很疲惫，但我不敢歇息，因为我还渴望着，渴望着能与母亲再过一个团圆的传统大年！

母亲这几天的状况还算好，她愿意和我唠嗑，还主动给我挠痒痒，只是晚上很难睡觉。我就想，老人身体的变化比伏天的阴晴转换还快，春节将至，为稳妥起见，还得对母亲进行全方位的预防性治疗。

1 月 4 日，我用轮椅推母亲到了医院。因为和医生早已成朋友了，我们就直接去了住院部。小护士看见我们，就友好地笑着说："又来预防性治疗。"医生问："她这段时间怎么样？"我说："还算好。快过年了，想给她调理一下。"医生问："这次想怎么弄？"我说："营养一下心脏，疏通疏通血管，输 400mL 血，再给她用两瓶白蛋白。"医生会意地点点头，就把母亲安排到了 616 病房。

母亲年纪太大了，基础病又比较重，哪个医生都有些打怵。他们也知道我最了解母亲，所以就征求我的意见。只要我的想法不违反医理，他们基本都能尊重。

病房里共五张床，含我母亲只有三个患者，对我而言，条件还算不错，不用坐轮椅过夜了。

记得 2019 年冬天最冷的时候，母亲住院的病房不仅五张床住满了患者，还有六个陪护人员，在二十多平方米的房间里，晚上竟住了十一个人，外加床都没地方，我休息只能在轮椅上坐着。

就在那个时候，不知怎么突然间出了种传染性极强的"新冠病毒"，它史无前例地骚扰了九省通衢的大武汉；而到了 2020 年冬天，这种病毒不可思议地在全世界妖魔般地肆虐、海啸似的蔓延。

我们家居住的辽东山区小镇虽然没有这种病例，但防范也很严，人们都习惯了戴口罩。不仅如此，住院的患者及陪护人员还都得做核酸检测。

这段时间住院的人比较少，这可能与防疫有关。虽然晚上有床可躺了，但我还是不能睡觉，因为病房内有呻吟声、有咳喘声，还有那个不太老的男患者如雷的鼾声……没有点儿硬功夫，在病房里实在是无法入眠。但我还算安心，我就想，这是人世间的一种交响乐，走过的地方皆是风景，有过了这种经历，接受了这种声音，将来闲庭信步地望云卷云舒、赏青山绿水、观鬼斧神工之时，那将是怎样惬意呢！

母亲的血管已很脆了。以往输液过程中，她手老是动，还尿频，如果用普通的针，就容易鼓。这次住院，我准备给母亲输血，还输每针需十多个小时的硝酸甘油。我和护士沟通后，就决定埋针。埋一针，正常情况下能用四五天。母亲有些糊涂了，她可能是觉得手臂上埋的针不舒适，就总要拔。我告诉她那是埋的针，她听懂了，还问我给她用的什么药，我说是长寿药，她就很高兴，但一会儿就忘了。我到底还是没看住，三个晚上的后半夜，母亲拔掉了两次针。不能睡觉也有益处，能及时发现问题。

邻床的患者是个老太太。她到了深夜就喘，痰多，但咳出来挺难。手不停地比画，还哇哇地叫——她是个聋哑人。

把着老太太手输液的是个女人，能有四十多岁，腿是夸张的"O"形，而且还很短。她上身正常，但身高只有一米二三。她得帮老人在床上大小便，还得给老人捶背，给老人接痰。饭口的时候，还得外出打饭……

她每天都像蜜蜂一样在默默地忙碌着，对老人侍候得细致而周到。从她对老人的了解及为老人做事的熟练程度看，陪伴老人的时间应该是很长了。在她侍奉老人的每个娴熟细小的动作中，我看到了她大大的功夫。不仅如此，在这一过程中，她心平气和，从未抱怨。偶有闲暇，还涂涂口红，照照镜子。在她身上，我看到的是欣慰和幸福，而没有一丝烦躁和悲观。

我有些感动。不忙的时候，也和她唠些嗑。她说老太太是养母，和她一起生活，家在北四平乡北旺清村，是农民。她还说家里困难，但以前并没享受到低保待遇，现在好了，国家搞精准扶贫，前段时间办了低保。说低保户住院治病不用自己花钱，以后就不用愁了。说这些事的时候，她脸上洋溢着满满的幸福，是眉开眼笑的。她好像有个习惯，说到高兴处上半身就有点儿晃。在她晃动的时候，那如丝项链的下端，有个心形橙色的坠儿也随着晃动。

有的人，在艰难中幸福着；有的人，在安逸中痛苦着。幸福和痛苦，可能就在一念之间。这一念，或许有十万八千里，一辈子也不容易走完。

这个残疾的女人，经济条件并不好，但她对母亲的爱心和耐心让人感动。我真没想到，一个残疾的躯体里竟然有着如此圣洁的灵魂！她的善是藏不住的，在举手投足间，在细枝末节处，那种善的光辉如星斗一样自然地闪烁。

我就想，一些条件虽然也很重要，但那是无止境的，而老人留给我们的时间是有限的。如果没有孝心，那么鸡毛蒜皮的事都能被变成不孝的借口；如果真有孝心，那么千山万水也不是阻隔行孝的理由。每个人都有选择生活的权利，但前提是做好自己本分的事。陪伴老人的决定因素不是各种条件，而是那种醒着的时不我待的感恩情怀。因为发自心底的爱，才是行为的动力源泉。

我深深地感受到，我难，她比我更难，她真是给我上了堂生动的实践课。四天的时间，我并没能帮上她什么，感觉心中隐隐有种牵扯着的愧疚和悲怜的遗憾。我只能默默地为她祈祷：愿好人一生平安。

在祈祷的时候，我仿佛又看到了那个忙碌的身影，看到了那个眉开眼笑的神情，看到了那个晃动着的橙色的坠儿。

那个橙色的坠儿啊，如精灵，欢快着；像火焰，在燃烧。

里应外合

感谢苍天，母亲平安地度过了 2021 年春节。

变化如影随形。从正月初八那天开始，母亲又吃不下饭了。肚子不停地揉，却没有效果。两天后，姐姐也回来了，她想让母亲住院。我和医生沟通，医生不建议住院，这其实是告诉了我结果。我也不想让母亲住院，怕她到了医院就回不来了。我就跟姐姐说："我妈以前说过'最后要在家里'。"

姐姐急得不行，就熬"焦三仙"（焦山楂、焦神曲、焦麦芽），这是治消化不良的药。我知道这药治不了母亲的病，可在当下，尽尽心意也符合情理。但母亲已喝不下了。

医生没有了办法，我也只能在网上查。搜索"如何使胃肠蠕动"，在阅读了大量文字后，我凭感觉筛选出了两种药：吗丁啉（促进胃蠕动）和莫沙必利（促进肠蠕动），这是两种白色的小药片。为慎重起见，我找到医生论证探讨，并得到了认可。但母亲已吃不下了。我将药溶于水，抽入注射器管中，对躺在床上的母亲说："老娘，把药吃进去病就好了。"母亲点点头，就张开嘴，我赶紧将药水注到她的嘴里。母亲紧闭双眼，使足了劲，咕咚一口，就把寄托着我希望的药水喝进了肚里。

我接着就给母亲揉肚子。我就想，胃肠蠕动的药于内，手揉肚子于外，里应外合或许能有效吧。这是我最后的一丝很渺茫的希望。

我还是把让母亲胃肠蠕动的意念集中在手上，揉啊揉，揉啊揉。手揉的同时，心也在祈祷。不到一个小时，我就听到母亲肚子里发出咕噜咕噜的声响。这种声响唤醒了我的信心，点燃了我的希望。果然，不到四个小时，我扶母亲坐起来试着喂饭，她令我惊讶地吃了半小碗稀稀的小米粥！当时我那心情，简直像花开一样绽放！

我以前对西药印象不好。但通过这件事，我固有的认知发生了改变。西药疗效来得快，而中药慢；西药治标，中药治本；西药能为使用中药争取时间、创造条件。二者结合，效果最好。

到了六月，母亲又不能吃饭了，"里应外合"也不灵了。我突然想到母亲已经五天没大便了，前一天她说要大便，但没拉出来。可能是干燥不畅通的缘故吧，我就给母亲用了开塞露。几分钟后，大便排出了，虽然味大，但那是我期盼的。

果然母亲又能喝流食了！

眼前的问题解决了，但我内心隐隐地有一种强烈的预感，那就是油将干、灯要灭，一场势不可当的重大变故即将来临。

老杨的提醒

2021 年 5 月底的一天下午，日头早已偏西，但还没落山。阳光不烤人，晒着也温暖。这样的时候，还没有风，是我用轮椅推母亲出去遛弯儿的最好时光。

大地已换上了漂亮的绿衣。路边田里的蔬菜，有的是播种的，已经油绿；有的是栽植的，还在缓苗。田里忙活着五六个人，他们有的用壶，有的用舀子，有的用桶，都在给新栽的秧苗浇水。

地头停着辆绿色的丰田牌大吉普，我一看就知道老杨又来干活儿了。

老杨原是县里政法部门的领导，退休五六年了，身体很好，有年轻人的风采。他闲不住，为了老有所乐，几年前在我家附近包了点儿地，从春到秋的早上或傍晚经常在地里侍弄那些无农药化肥的"绿色蔬菜"。他看着那些亲手侍弄的充满生机的生命，内心就有了期盼和憧憬，就感受到了生活的意义。精心侍弄的蔬菜下来的时候，他自己吃不了，就送给朋友，并以此为乐。

我推着轮椅，眼睛不自觉地向地里寻老杨。老杨很容易辨认，因为他是这片地里唯一一个经常身穿西装干农活儿的人。我很纳闷儿，地里怎么没有他呢？这时听到背后有人喊，我回头一看，是老杨！他今天没穿西装，而是着了一套休闲装。他头戴鸭舌帽，脚蹬大靴子，双手戴着白色的手套，使劲拎着刚从河里打来的两桶水，脑门上已渗出了汗。我一看就知道他是要给地里的菜浇水。

寒暄之后，他忙他的，我走我的。

在落日透过远处山梁上树木的间隙射下万丈金光之时，我就推着母亲慢悠悠地回来了。这时老杨已收工，正和几个散步过来的人聊呢。见我走近了，他问："老太太这段时间怎么样？"我说："还行吧。"他看我母亲闭着眼睛，就关切地说："老太太瘦了，精神头也不足。"我无奈地点点头。他说："我来时看见你媳妇了。"我说："她来给我送几件换洗的衣服。"老杨很神秘地说："刚才我们还议论你呢。"我好奇地看着他，老杨接着说："这些年你撇家舍业地陪老人不容易，大伙都很佩服你，但我更佩服你媳妇。"我不解地笑了，说："你佩服她啥呀？"老杨很严肃地说："你想过没有，如果没有媳妇的理解和支持，你能做到这种程度吗？"

老杨没退休时，背有一点儿驼，听说还有慢性病。这几年干农活儿不仅身体好了，腰板也直了，只是略带沙哑的声音没变。他对我媳妇的这种评价，我还是头一次听说，这也引起了我的回忆和思考。

父亲去世后，母亲和我们相依为命地过着既平凡又简朴的日子。随着时光的流逝，哥哥姐姐陆续结婚另过，我也参加了工作。条件好一些了，母亲却老了，或许从那时起母亲感到了孤独。因我是老儿子，母亲就对我很是依恋。早晨目送我上班，傍晚在家门口盼我归来。

1992年夏季的一天，是星期六，有个同学到我家里来，说给我介绍个对象，第二天见见面。我不假思索就同意了，当时母亲也在身边。那天晚上母亲就睡不着觉，我问她原因，她也不说。第二天吃过早饭，母亲就看着我，不让我走，说那个人可能不行。我说："不行就不处呗。"母亲说："那要是行了呢？"我无语。因拗不过母亲，我失约没去跟人家见面。通过这个事，我就感觉到母亲是怕我被别人"抢走"。

我与妻子是 1993 年相识并于 1994 年 4 月 30 日旅游结婚的。结婚那天，母亲哭了，像永远失去我一样号啕大哭了一场。这个事妻子并不知道。说是旅游结婚，其实我们只是去了一趟离家最近的城市。妻子看我情绪不好就问原因，我说："我不放心我妈。"她也很无奈，但还是理解我。我们只去了一天就回来了。

结婚后，我们和母亲一起生活。

按照母亲固有的观念，做饭应该是妻子的事。而我妻子恰恰不会做饭。母亲一看我下厨房就生气，私下里没少和我絮叨，还经常当着我妻子的面指桑骂槐。我妻子是当面装傻，背后落泪。

我和妻子开玩笑，说她是我徒弟，因为她做饭是我教的。把她教会了，我就很少做饭了。有时剩点儿饭菜，她就给扔了。母亲发现后，就说她不会过日子。这话母亲只是跟我说了，妻子并不知道。

母亲是苦日子过来的，早已养成了节俭的习惯。有时妻子不小心摔了只碗，也会惹得母亲不高兴……

后来，我和妻子有了孩子，孩子两岁多的时候，需要入托了。我贷款在镇里买了房子，但母亲留恋自己的家，没跟我们一起走。

当我们要走的时候，母亲拉着我的手，不舍地看着我，仿佛是自言自语地说："权——权——"我不知道母亲那时是怎样失落和无奈，只是说："我会经常回来……"

天冷的时候，不宜两头跑，我就把母亲接到家里一起生活。

2008年春节前，有一天我下班回到家里，感觉母亲情绪不对。我和她说话，她气哼哼的，还用拐棍哐哐地砸着地板。我一看就知道她生气了。问她原因，她不说。我问女儿，女儿也说不知道；我又问妻子，妻子说："在屋里憋的时间久了吧，不行你明天开车和她出去散散心。"

第二天，我看母亲情绪还没好，就开车拉着她出去转。在行驶过程中上，母亲说了原因："我和阳阳（我女儿）、罗霞（我妻子）三个人坐在沙发上看电视的时候，阳阳拿了两瓶饮料，给她妈一瓶，她自己一瓶，她俩吱吱地喝，没给我。"我笑着说："你胃口不好，不是不能喝凉饮料吗？"母亲就带着气说："喝不喝在我，给不给在她，这是不尊重我。"我说："孩子小，不懂事。"母亲说："她妈在场，也没说她呀。"我一听就知道了，这是挑妻子的礼了。

我就说："别和她们一样，回去我和她们说一说。"这时母亲气就消了，她说："拉倒吧，别说了。"

二十多天后，母亲又生气了。我就直接开车拉母亲出去散心。在车上我问母亲："又出啥事了？"母亲说："我在床上躺着，罗霞喝饮料，还给我拿了一瓶。"我不解，继续盯着母亲。母亲接着说："她明明知道我不喝饮料，这不是虚情假意吗？"我摇摇头，无奈地笑了。

回到家里的时候，我发现母亲情绪又好了。

妻子私下里和我说："白天我们上班上学，她一个人在家，时间久了，视觉容易疲劳，又没人唠嗑，还无事可做，寂寞导致了她情绪烦躁。烦躁的情绪积累到一定程度，她承受不了就得释放。而找个理由发脾气，这很可能就是她释放烦躁情绪的一种方式。"

我也是这么想的。那之后，每过半个月，我就开车拉母亲出去散散心。这招还真好使，母亲很少发脾气了。

母亲发脾气，最委屈的，还是我的妻子，但她从来没跟母亲顶过一句嘴。

母亲不能自理之时，我把照料母亲的想法和妻子讲了。妻子不假思索地说："她是你妈，你管是应该的。"接着又说："要不这样吧，我管你妈，将来你管我妈，别人看着也好看。"我说："你妈现在身体还行，将来我会管的，但你不用管我妈。"妻子疑惑地看着我说："你啥意思？"我说：

"我妈需要二十四小时陪护，你上班没有时间。"妻子说："雇个保姆怎么样？"我说："我妈不同意。"妻子说："那咱俩就倒班。"我说："这事看似简单，其实老复杂了，你干不了。"妻子不服气地说："那就让我试试呗。"我说："我不放心呀。"妻子不解地瞪大了眼睛看着我。我接着说："那就打开窗户说亮话吧。我妈没生你没养你，你和她的关系是因我而转化来的，很难全身心地投入，这也属于正常情况。而我不同，我陪伴母亲那么长时间，太了解她了。只有我能伺候好她，别人谁我都不放心呀。"妻子听完，沉思了一会儿说："那就按你的意见办，但你得保护好自己呀。"我说："我有保护好自己的办法。"接着我又说："这个过程可能挺长，会很大程度上影响我们的生活。"妻子说："家里的事你就不用管了，如果需要我帮忙，你就喊我。"我感激地说："你不反对，就是帮忙。"妻子做了个怪脸说："好好干，多总结经验。"接着她又笑着说："记着，将来还得伺候我妈……"

在我陪伴母亲过程中，妻子经常领着孩子过来，有时是送些蔬菜、水果，有时是帮着打扫卫生、洗洗涮涮，也有给我顶班的时候……

这些年过来，不论工作还是生活，我放弃了许多，家里的事几乎都甩给妻子了。但妻子从没因为照料母亲之事和我闹过一次别扭。

　　以前，我总认为是自己在照料母亲。而老杨的话，让我明白了妻子的付出。她长期的默默支持，解除了我陪伴母亲的后顾之忧。

　　十五的月亮，有我一半，也有妻子的一半呀。

我的罪过

意外，还是发生了。

2021年8月10日凌晨2点多钟，母亲勉强喝了半小碗肠溶液后，我就扶她躺下。把母亲搂睡了，我也赶紧到炕上眯一会儿。迷迷糊糊中听到砰的一声，我惊恐地一下坐起来，看到母亲不知怎么回事已掉到了地上。我赶紧把母亲抱到床上，这时发现她迷迷糊糊的，脸上出血了，哎呀，眉骨处有个一指长的口子。这时我知道自己惹祸了。我扶母亲仰躺，给伤口处上了云南白药，简单地进行了包扎，血止住了。但母亲总用手抠，一抠就出血，很难痊愈。没办法，推母亲到医院，想缝两针。因母亲年纪太大，医生不敢给打麻药，只是建议看着点，别让她再抠伤口。

母亲时而明白时而糊涂，伤口不舒服她就抠，几天时间竟抠破了好几次。一抠破就流血，看到那血，我是心绪烦躁、坐卧不安，只能一直把着她的手。

终于想起一个朋友，是外科医生。我通过电话把母亲的情况和他讲了，他就直接带着缝合的器械和药水来了。检查完伤口后，他说："伤口不大，但碰着小动脉了。"接着他又说："她老抠，你根本看不住，不缝绝对不行。"我试探地问："你能给缝不？"他说："没问题，东西都拿来了。"我像抓到了救命稻草似的激动地说："那太好了，我都愁坏了。"他熟练地给母亲清洗了创口，打了麻药，很快就缝完了两针。当时母亲躲着喊疼，我使劲把着她的头，母亲的喊声像刀子一样扎着我的心。

看着朋友给母亲包扎好了伤口，我揪着的心也舒缓了。我感激地对朋友说："太谢谢你啦！"朋友一扭头，不以为然地说："小事一桩。"我发自肺腑地说："对你来说，这是小事，但对我而言，这可是天大的事呀。"

九十五岁的母亲从床上掉下受伤，这是我的罪过，是岁月抹不去的自责。我的罪过不是没看住，而是认为床矮就心存侥幸地没给床安上护栏。在母亲生命的最后阶段，我竟然犯了如此低级的、不可饶恕的错误，肠子都悔青了。这将成为我心中永久的悔，永久的痛，永久的结。

人生啊，为什么总得留下点儿遗憾？

剪头修脚

2021 年 10 月上旬，母亲住了七天院，但并没能实现我期待的疗效。回到家里，我给母亲洗了澡，剪了头，修了脚。当时心情很沉重，那时我已预感到这很可能是最后一次为母亲洗澡、剪头、修脚。

二十多年前，理发店剪一次头是七元钱，母亲嫌贵，又不得不剪，怎么办呢？她就把剪头间隔的时间拉长，这样每年就能少剪两次，省下十多元钱，母亲就是这么节俭。有一天，我看母亲头发有些长了，就准备骑自行车带她去剪头。她照照镜子，犹豫地说："再等等吧。"我说："我给你剪头行不？"母亲笑着说："你会剪吗？"我说："试试呗。"她就欣然同意了。

家里有老式的推子，还有剪刀和梳子，这是很久以前母亲给我们剪头时用的。推子还掉了两个齿，我试了一下，还能用。

记得我小的时候，剪一次头是两毛钱，我们兄弟四个，家里困难，母亲不舍得花钱，她就学剪头。当时流行的头型有平头、分头、转头、背头等。那时留平头给人的感觉都是很正经的，所以母亲就学了剪平头。母亲不仅给我们剪头，还义务地给邻居家的孩子剪头……在那个年代，不仅我们家困难，全国人民都困难。但困难并不影响快乐，至今我还常常怀念年少时的美好时光，但那都梦幻般一去不返了。

第一次给母亲剪头时，我不知从哪里下手，反正剪完瞅着不顺眼，但母亲说短点儿就行。后来在发廊理发时，我就暗中观察理发师怎么给女同志剪头，其实就是偷着学。只要用心，学点儿东西还是容易的，慢慢就熟练了。我发现有一种剪子很特殊，是锯齿剪，刷头用的，就买了一把。这种剪子很实用，不仅提高了剪头的效率，而且剪得还好，当时我就挺佩服发明这种剪子的人。我也只会剪一种头型——五号头。

母亲还能蹒跚走路时，我帮她洗头，母亲卧床后，洗头就有些难了。我琢磨后，就这样给母亲洗头：床头放个凳子，凳子上放多半盆温水，水盆和床一样高，床边桌子上放桶洗发精并把盖子打开，再备一小盆温水，也放在桌子上，都是伸手就能够着的。我帮母亲在床上冲着水盆的方向仰躺，同时用毛巾兜着她的脖子，我左手用力向上拽着毛巾，这时母亲的头正好在水盆的上方。我用右手给她洗头，伸手还能够着洗发精，最后用桌上备用的那小盆温水冲洗一遍，扶母亲坐起来，用毛巾将头发擦干，头就洗完了。

我把母亲抱到轮椅上坐好，用两张报纸当围裙，前一张、后一张，无缝对接地用胶带粘好，就开始给她剪头。先用锯齿剪刷头，一边刷头一边梳头，感觉行了，就用剪子从右耳垂处开始，向左边把头发剪齐，再用推子把后颈部绒发剃掉，最后修一下鬓角——头就剪完了。

剪完头之后，撤掉报纸，母亲用手摸摸头和脖子，这时我问："感觉怎么样？"母亲高兴地说："爽快了，谢谢！"

我还有一门手艺，那就是修脚。我没给别人修过脚，只给母亲修脚。母亲的大脚指甲特别厚，其他的脚指甲都像是小疙瘩似的，是很重的灰指甲，早年也用药治过，但

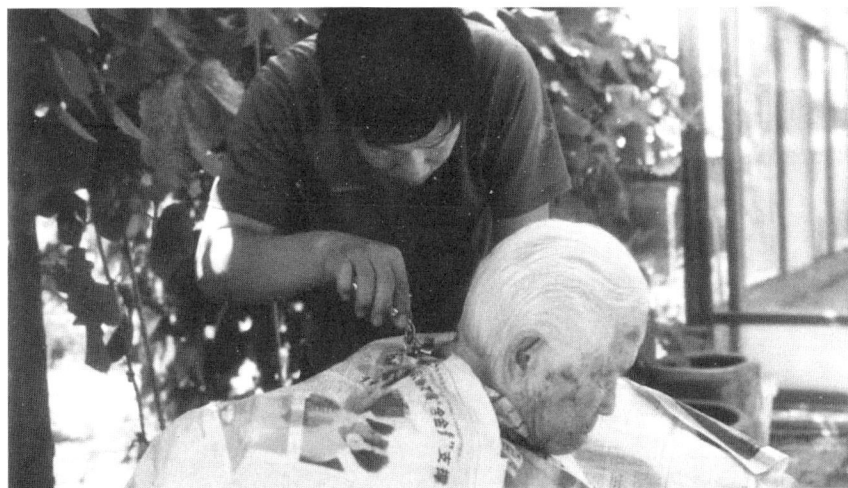

效果不好。二十多年前，母亲腰腿都有些僵硬，自己修脚已心有余而力不足了，我就是从那时开始给她修脚的。修母亲的脚，普通的指甲刀是不行的，我有特殊工具：一个是从商店买的专用的小钢剪子；另一个是早年粘自行车里胎用的锉，这种工具可能只有我拿它来修脚，用着有些危险，当初是无奈之举，时间长了我就顺手了，感觉还很实用。

用热水给母亲泡完脚，让她在床上躺着，我在她两个小腿之间背对着她坐着，左手把着她的脚指头，同时用左手大拇指指甲挡着，右手拿着锉，一点儿一点儿地把脚指甲锉薄。如果不用指甲挡着，很容易锉破脚指头。锉脚指甲的时候，用力小了不管用，用力大了母亲说疼，我早已能恰到好处地用力了。锉完左脚的指甲，再坐到母亲右边锉右脚的指甲。都锉完后，我用专用的小钢剪子剪脚指甲，母亲脚指甲很硬，剪时啪啪地响，剪掉的指甲块经常崩到脸上，所以用力剪时，我是眯着眼睛的。最难修的是两个大脚指甲，因为大脚指甲两边都往肉里扎，得一点儿一点儿地修，一不小心就容易弄出血。给母亲修一次脚，我得注意力很集中地用四十多分钟时间。每次给母亲修完脚，我都得出汗，如果是夏天，就得大汗淋漓了。

修完脚，我问母亲："得劲不？"母亲每次都是很感激地说："得劲了，谢谢！"母亲的一句得劲，瞬间就能化解

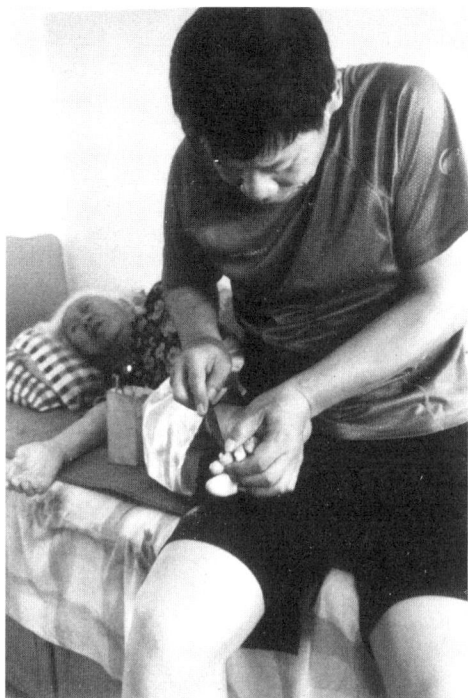

我的疲劳。

我小的时候，手指甲、脚指甲就是母亲给剪。虽然那已是遥远的事，但我没有忘记。二十多年来，能给母亲剪手指甲、脚指甲，感觉是老天赐给我的福分——多少人想给自己的母亲剪剪手指甲或脚指甲，都已没有机会了，所以我是幸运的。

母亲生我、养我、教育我、牵挂我，但我总认为这是理所当然的，从没对她说过一句"谢谢"呀！

陪伴母亲过程中，她经常对我说"谢谢"。但这次为母亲剪完头、修完脚，母亲没能说"谢谢"。而我，无奈地心酸落泪了。

我默默地珍藏起刚刚剪下的一撮头发，一撮带着母亲气息的白发。以后，以后可能就……

母亲讲的故事

母亲不仅愿意和我唠嗑，身体好一点儿的时候，还经常给我讲故事。

母亲小时候的故事。

母亲给我讲："我小时候跑得可快了，八九岁时在河北省保定市西区小学参加过运动会。当听到喊'各就各位，站好预备'时，心里咚咚地跳，一敲鼓就跑，跑起来就感觉不到心跳了。那次我跑了第二名（至于多少人跑及跑的项目她也说不清了）。"

我问："你得奖没？"

母亲很自豪地说："得奖了。"

我问："奖品是什么？"

母亲很得意地说："书和本。"

我问："得多少奖品？"

母亲就用双手比画着说："得了一大包。"

我问："奖品在哪儿呢？"

母亲笑着说："拿回家了呗。"

我问："我怎么没看见呢？"

母亲说："我都用完了。"

我问："为什么不给我留点儿呢？"

母亲想了一会儿说："那时还没有你呢。"说完就哈哈地笑了。

我问："你上了几年学？"

母亲表情很凝重地说："上了两年学。"

我问："为什么只上了两年学呢？"

母亲有些失落地说："事变啦（应该指'七七事变'），日本鬼子进攻中国，兵荒马乱的，还'闹胡子'，都不能上学了。"

我问："什么是'胡子'？"

母亲提高声调说："这你都不知道？胡子就是土匪。"

我问："不上学你干啥呀？"

母亲皱着眉说："开始逃难呗，你姥姥领着我们跑了挺多地方，那会儿可遭罪了。"

我试探着问："你愿意上学不？"

母亲有些兴奋地说："愿意呀，我学习好，老师、同学对我可好了。"

我问："你恨日本鬼子不？"

母亲气哼哼地说："怎么能不恨！日本鬼子侵占我们的

国家，要不然的话，我哪能只上两年学呢？"

我说："你上了两年学就能当老师，真了不起！"

母亲很自豪地说："后来我是自学的。"

我说："要是赶到现在，你一定能考上清华、北大！"

母亲脸上就洋溢着愉悦的神情说："咱们得谦虚，自大一点儿就是'臭'。"说完，母亲自己就哈哈大笑了。

还有母亲身世的故事。

母亲睡觉时经常说梦话，有时哈哈大笑，有时也发脾气。但这几天母亲在梦中多次喊一个人的名字，开始时我没在意，后来听清了，母亲喊的是"赵林森"。我就想，这

个人是谁呢？他一定和母亲有关系，但我以前从没听母亲说过呀。我得问问。

我说："老娘，我问你个事。"

母亲看着我说："啥事？你说吧。"

我问："谁是赵林森？"

母亲愣了一下，眼里充满了疑惑。沉默了一会儿后，母亲说："他是我养父。"

我吃惊地问："以前怎么没听你说过呢？"

母亲说："那现在就告诉你吧。"

母亲继续说："咱们老家在河北省保定市满城县（现为满城区）协议村。你姥爷是走南闯北做生意的，在我还不记事的时候，有一次他出去就再没回来。当时兵荒马乱的，也没地方找，不知是死是活。从那以后，你姥姥就带着我姐桂英和我，还有我小弟国柱生活。你姥姥是小脚，家中坐吃山空，生活越来越困难，甚至吃了上顿没下顿。"母亲喝了一口水，接着说："在我七岁的时候，有一个人多次来咱家。他浓眉大眼，身材魁梧，穿着黑色的制服，头上戴着大盖帽，腰里还挎着枪。开始的时候，我挺怕他，但他每次来都给我们带好吃的，还逗我玩，渐渐就熟了，就不怕他了。我管他叫'盖帽叔'。那年秋季的一天，盖帽叔又来了，他和你姥姥说了什么我不知道，我看你姥姥点头了。盖帽叔给了我一块大皮糖，摸着我的脸问：'你愿意上学不？'当时我还不知道什么是上学，但却说了'愿意'。盖帽叔就说：'我们家附近有学校，你跟我去上学吧。'我当时就看你姥姥，你姥姥笑着说：'你跟盖帽叔去吧，过段儿时间我去接你。'我没出过村，对外面也好奇，就同意了。盖帽叔领我走时，我发现你姥姥流泪了，当时我不知道她为什么流泪。"

母亲停顿了一下，接着说："盖帽叔家住保定西区，那地方挺大，人家也多。为防止走丢，盖帽叔让我记住了地址：保定西区一路门牌 19 号。后来我知道盖帽叔是保定西区警察队长，和你姥姥是远房亲戚。他家房子大，房间也多，屋里有柜子、桌子、凳子，还有照人的大镜子，反正是什么都有，我在村里没见过那么富有的人家。盖帽叔送我到保定西区小学上学时，报的名是赵宝鸾，从那之后，我就改名叫赵宝鸾了。"

母亲沉默了一会儿，接着说："我上了两年多小学，那期间，我吃得好穿得好学习也好，礼拜天盖帽叔白天领我去听讲道，晚上经常骑自行车带我去看戏……这期间你姥姥没来看过我，更别说接我了，因为我已被送人了。我也知道了你姥姥在盖帽叔领我走时为什么流泪。"

我问："盖帽叔是谁？"

母亲说："盖帽叔就是我的养父，他的名字叫赵林森。我不知道养母叫什么名，听养父叫她'小嬷'。他们没有孩子。"

我问："你在盖帽叔家生活了多长时间？"

母亲说："在我十岁那年七月的一天，养父突然把我从学校接出来，直接送回了乡下的家。他跟你姥姥说了什么我没听清，就急急忙忙地走了。他走的时候抱了我，还亲了我的脸，我看见他眼里汪着泪。我就这么回到了原来的家，名字又叫于桂芹了。"

我问："你不是叫于桂芬吗？"

母亲说："我原先叫于桂芹，新中国成立后当扫盲班老师的时候，有个同事和我重名，也叫于桂芹。校长刘辉说‘芬’比‘芹’好，就给我名改了个字。从那时起，我就叫于桂芬了。"

我看着母亲，认真地听。

母亲接着说："我被送回来不长时间，日本鬼子就来了。当时听说赵林森投靠了日本人，还是当警察队长。你姥姥挺恨他的，就说‘当汉奸不会有什么好下场，幸亏把孩子送回来了，要不将来一定得受牵连’。我当时不懂什么是汉奸，只知道养父对我好。"

我问："他为什么把你送回来了呢？"

母亲说："抗战胜利前，他率领警察大队炸了日本鬼子的军火库，起义了。这时我们听说养父是国民党的人，当初他是奉命‘投靠’，潜伏在日本鬼子身边，给抗日军队提供情报。因环境太危险，怕我受牵连，他才在'投靠'日本鬼子之前把我送回了家。"

我问："后来赵林森怎么样了？"

母亲说："听说他去了台湾，从此杳无音信。"

我问："你想他吗？"

母亲沉默了一会儿，说："80 年代时和台湾关系缓和了。从那时起，我就盼着祖国统一，如果祖国统一了，或许还能见到养父。这些年我经常默默地想起他，心里惦记着他，因为他抚养我两年多时间，还供我上学了，我应该报答他。"

我说："你好好保养身体，很快就能统一了，你一定能见到养父。"

母亲就盼望着，盼望着。

我默默祈祷：台湾早日回归吧。祖国统一，这是国家的需要，是民族的需要，也是我们老百姓的愿望啊。

还有母亲破案的故事。

母亲说："七十多年前，有个人叫二海，他眼睛看不见，腿还残疾，走路是靠挂着双拐往前悠着走。那时他二十多岁，孤身一人开了个小商店。人们很好奇：他是盲人，却能准确地知道什么东西放在哪里，还能摸出钱的数额。"

我问："你怎么想起这个人了呢？"

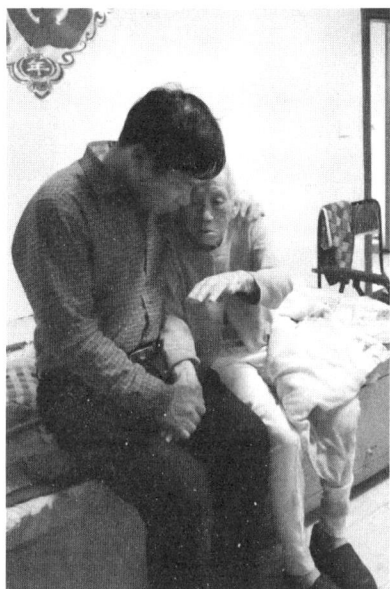

母亲说："以前有个事。"

我问："啥事？"

母亲说："有一天晚上，很晚了，那时没有钟，也不知道是几点。我纳完鞋底，吹了油灯准备睡觉的时候，隔着窗纸感觉外面有晃动的光。我很奇怪，出去一看，坏了，是仓房着火了！我忙喊'救火'。咱家人缘好，邻居都来帮着救火，因发现及时，火没着大就被扑灭了。"

我问："怎么就能着火呢？"

母亲说："为弄清原因，第二天早上，我仔细查看了着火现场，找到了一支没烧完的火把。看着火把，我知道了，是有人把火柴捆在木棍的一头，再插上一支香，先将香点着，之后从杖子缝中将火把捅到仓房里，当香快烧完时便引燃了火柴，这么放火不容易被人发现。”

我问：“谁放的火？”

母亲说：“当时我很生气，拿着没烧完的火把就报案了，控告二海放火。”

我问：“你怎么知道是他放的火呢？”

母亲很得意地说：“我见过那个做火把的木棍，以前二海在商店总摆弄，已磨得很光滑了。”

我笑着说：“你挺厉害呀。”

母亲说：“办案人员找到二海，但他不承认。办案人员问：‘你在商店总摆弄的那根木棍呢？’做贼心虚呀，二海一听，不仅答话磕磕巴巴，而且手和腿还发抖，脑门和鬓角都紧张得冒了汗……案子就破了。”

我问：“怎么处理他了？”

母亲说：“因二海眼盲腿残，又没有造成严重后果，经批评教育，关了一天就放了。”

我问：“二海为什么要放火呢？”

母亲说：“二海是咱家的远房亲戚，就住在隔壁，了解咱家的情况。他眼盲腿残挺可怜，但品行不好，经常偷人家东西，邻居都防着他。放火的前几天，我从地里干活儿回来，发现二海在咱家院儿里偷鸡蛋，偷的鸡蛋放在裤兜里了，因为兜鼓着，是鸡蛋的形。我让他把鸡蛋放下，他不承认；我让他把兜里的东西拿出来，他不肯，还用拐啪啪砸着地。我不敢靠近他，又怕他离开，就随手拿棵刺棘子在院子门口冲着他站着。他着急离开，就拄着双拐往前悠，正好撞在刺棘子上，扎了一脸的刺。他双手松拐捂脸，人就摔倒了，偷的鸡蛋也压碎了。"说到这，母亲就哈哈地笑了。

我问："后来怎样了？"

母亲接着说："他就到村长那告。村长问他为什么被扎，他不说；村长问他在哪儿被扎的，他说在咱家院子里；村长问他到咱家院儿里干什么去了，他不吱声。村长发现有稠状的东西从他兜里渗出，问他兜里是什么，他说是鸡蛋碎了。村长说他也不养鸡，哪来的鸡蛋，一定是偷人家鸡蛋才被扎的。二海自知理亏，就一悠一悠离开了。偷蛋不成还吃了亏，他怀恨在心就放火，但做火把用的木棍暴露了他。"

母亲讲完这个故事，我很崇拜地说："老娘，你真厉害，要是当警察，一定是破案高手。"但母亲看着我有些自责地说："如果我不用刺棘子扎他，他也不能对咱家放火。记住：但行好事，莫问前程；得饶人处且饶人；宁可得罪君子，不要得罪小人。"

我说："记住啦。"

母亲点着头说："那我就放心了。"

母亲还告诉我："你是在朝阳林场出生的。我怀你的时候，林场有个人叫张启元，他是闯关东过来的，靠理发为生，四十多岁没有孩子。他说你家这么多孩子，把这个给我得了。当时我和你爸都同意了。可等你出生后，见了面，我又舍不得了，就没给他。"母亲用爱怜的目光看着我，伸手抚摸着我的头，笑着继续说："幸亏当初没给他，如果给他了，我就没你这个好儿子了。"

　　母亲给我讲童年时期的无忧快乐，战乱年代的东藏西躲，困难时期的吃糠咽菜，一个人在家时的孤独寂寞……这些点点滴滴，汇聚成她九十多年的喜怒哀乐、悲欢离合。母亲讲的故事，就像是山林中自然奔流的小溪，潺潺的水声仿佛是妙手从钢琴里滤过的。这饱含情感的抑扬乐曲缓缓地流淌到我的记忆中，并清晰地解构出了母亲一辈子的风雨人生！

思念故乡

早年上学时，课本里有一些思念故乡的诗句，比如杜甫的"露从今夜白，月是故乡明"，李白的"举头望明月，低头思故乡"，王安石的"春风又绿江南岸，明月何时照我还"，等等，几乎人人都背得滚瓜烂熟。因朗朗上口，后来我还经常吟诵。当初老师反反复复口干舌燥地讲解，我也只是记住了文字背熟了诗句。可母亲没教过我诗词，却使我不知不觉地懂得了乡思、理解了乡愁。

母亲九十四岁的时候，已明显地糊涂了，当下发生的事和刚刚说过的话，一会儿就忘了。但也怪，她能记住七八十年前的事。

母亲总嘟囔着要回老家，说老家有我爷、我大伯、我大姨和姨夫，还有她当老师时的校长刘辉、一起住宿的老师郄桂兰及一些老邻居。母亲还说老家的房子是她参与用石头砌的，有大院子，院子有围墙，院子中有枣树，还有柿子树。她还告诉我枣怎么打、怎么晾，柿子怎么摘、怎么做柿饼子……母亲居然能讲出在老家经历的那么多遥远的故事。这些故事，就像春天的种子，在母亲生命的末期纷纷发芽长出。母亲天天盼着回老家，要回到她成长的地方，还说要见她提到的那些人。

母亲出生在河北省保定市满城县协议村，那地方距县城有十多里路。父亲是满城县魏公村人，1938年，也就是十四岁时，他参加了八路军。因年龄小，被安排当了卫生兵。抗战胜利后，本以为太平了，父亲和母亲经媒人介绍结了婚。不久解放战争爆发了，父亲被召回了部队（华北军区第四纵队），随后参加了平津战役、太原战役及兰州战役等。1950年6月朝鲜战争爆发。父亲是1951年2月17日随军跨过鸭绿江抗美援朝的，当时父亲是中国人民志愿军十九兵团六十四军一九一师五七三团一营卫生所所长（那幅著名的《中国人民志愿军跨过鸭绿江》的照片就是当年六十四军过江时拍摄的）。入朝后，六十四军参加了第五次战役和马良山防御、反击战等。父亲是军医，职责是在前线为伤员包扎、治疗，治疗地点都在山洞中。1951年10月，马良山战役时，包扎所洞口被美机重磅炸弹命中，山洞被炸塌了一半，伤亡的人挺多。当时父亲是七窍流血，身上的衣服被炸成了碎片，只有腰上系着的皮带是完好的。父亲命大，但也落下了三等甲级残疾。1953年回国后，父亲被就近安置在了东北。能活着回来已属万幸，安置在哪里，父亲都高兴地服从。因父亲资历老、文化水平低，组织安排他到辽宁省文化厅干校学习。学习期间，父亲因故被下放到新宾境内偏远的硫化铁矿卫生所当卫生员，后又辗转于红庙子公社和朝阳林场。1972 年，父亲被调到县城附近的城郊林场任卫生所大夫。

母亲是 1956 年离开家乡投奔父亲来到东北的。父亲到哪儿工作，家就搬到哪儿，但在哪儿条件都艰苦。1965 年，我没见着面的大姐（当时十九岁）因先天性心脏病去世了。这是母亲遭受的一次重大打击，她就是从那时开始抽烟的，还得了间歇性的精神病，一生气就容易犯病，这也是后来我们不敢惹她生气的原因之一。日子刚好一点儿，1975 年 10 月 6 日，父亲因病去世了。此后，母亲带领我们靠着微薄的遗属费在世人的冷眼中苦渡前行。过苦难的日子，最苦的是母亲，她总是省吃俭用，并且总揽家中大事小情。或许是这样的特殊经历，使母亲养成了管事的习惯。那时母亲唯一的精神寄托就是希望孩子将来有出息，因此她总逼我们学习……还好，后来（父亲离世六年后）父亲平反了，我们姐弟五人陆续都通过考试有了稳定的工作。

母亲最后一次回老家是 1980 年。我想她回去可能是为了了却心愿，此后就再也没提过回老家的事。

四十余年后，多年不能自理的母亲突然提出要回老家，这可给我出了难题。

母亲提到的亲属长辈都早已过世。刘辉、郄桂兰这两人是母亲七十余年未见面的记忆中的人，他们还在吗？还能记得母亲吗？老家是母亲内心的童话世界，这么多年的巨变，早已不是她心中的模样！

家乡的情在母亲心中是有结的，是难以割舍的，而且这种情结越来越萦绕在她心灵的深处。作为游子，就像树叶，绿时飘荡于空中，一黄，就得归根了。有时母亲从梦中醒来，高兴地说回老家了，说见到了谁谁谁，还告诉我院中的大枣红了，树上的柿子黄了。可过了一会儿，母亲又失落了。我就想，虽然老家的距离不算太远，但如果回去的话，母亲能经得住来回的颠簸吗？就算经得住这样的颠簸，她也见不到想见的人了。我不敢尝试去解开这个结。

回老家见见记忆中的亲人、朋友，这是母亲内心的愿望，这个愿望越来越强。我没有办法帮助母亲实现这个愿望，但也不能让她失望。现实情况使我懂得了变通，当母亲用商量的口吻和我说要回老家时，我说："等你身体好一好咱们再回去。"到了春天我说："等秋天咱们再回去。"到了秋天，母亲不论是躺还是坐着，经常既像是和我说也像是自言自语："我要回老家，我要回老家。"我不能再用一句话来应付她了，就说："现在在帮你治病，你得好好配合，过了冬天病就好了；到开春时，你不仅能走，还能跑了；能走能跑你也不能自己回去，得领着我，不领着我，

150

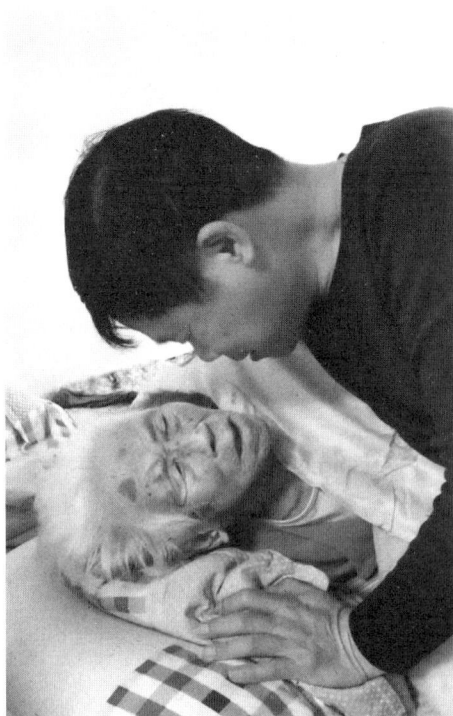

我也找不着老家呀；回去后，院子里的活儿你干，你给我种菜吃……"只要我承诺陪她回老家，她就高兴，就兴奋，就期盼。每次承诺陪母亲回老家的时候，我内心都隐隐作痛，感受到了一种悲凉。

到了2021年10月，母亲不再给我讲故事，不再给我挠痒痒，她几乎看不到眼前的我，已没有了举手的力气，连吞咽流食都有了功能性障碍……到了这个份儿上，她躺在床上还是不停地嘟囔一句话："回老家……回老家。"

我实在不忍，就贴着母亲的耳朵说："老娘，咱们不是都回来了吗？"母亲强打精神，声音微弱地说："什么时候回来的？"我说："前几天回来的，坐了两天车，你光睡觉啦。"接着我又说："老娘，树上的枣又红又大，柿子也黄了，结的果可多啦。"母亲要坐起来，我继续说："院墙有点儿坏了，我得弄点儿砖收拾收拾。"母亲微微地点点头，自言自语地说："回到老家了，回到老家了。"过了一会儿，她使劲拉长了呼吸，那是在感受老家的气息呀。

看着母亲带着一丝微笑的释然的表情，我感觉她似乎放下了千斤的重担。母亲的心，实在是载不动那日积月累的乡思乡愁的分量！

故乡啊，故乡，母亲对你的情结割舍不了，母亲对你的思念魂牵梦绕。

我不敢吟诵那些乡思乡愁的诗句。以前吟诵，是因为它美；经历了母亲要回老家这件事之后，再吟诵，就品味到了一种说不出的滋味。

2022年5月的一天晚上，我独自在河边散步。暖暖的微风如缠绵的乐曲，醉得垂柳摇曳着丝丝的嫩绿。水里的生灵总愿捉迷藏，但那鼓出的泡泡还是暴露了行踪。睡不着的大鸟躁动地从空中飞过，还和我打着招呼似的啊啊地叫。我抬头寻觅，惊喜地发现天空中早已升起了圆圆的月亮！我凝望着皓月，皓月回眸赏给我瀑布般的银光。在如水的银光中，瞬间掠过了一双遨游的翅膀……我不知怎的就脱口大声吟出了"春风又绿江南岸，明月何时照我还"。哎呀，那种说不出的滋味又来啦，倏地化作了控制不住的泪水……

终于懂得了落叶归根的乡思，理解了白发游子的乡愁。

琐　忆

　　2017年10月的一天，我找人在家里给母亲输液。输的是一个多月前母亲出院时开的营养心脏的中药制剂。

　　我看护着母亲。输液不到五分钟，母亲说冷。我给母亲加盖了棉被，但她还说冷，而且冷得打战，并伴有呼吸急促和心率加速症状。

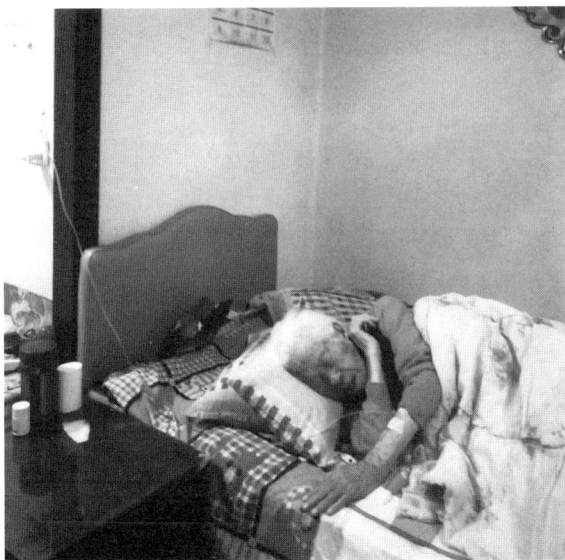

母亲突然出现这种情况，我感觉不对劲，凭直觉认为这应该与输液有关，就急忙把点滴关了。

给医生打电话，医生一听，让马上停止输液。我说："已经停了。这是什么原因？"医生含糊地说："那次进的药换了批号，可能是输液反应，前段时间病房也有人出现了这种情况。"接着医生又说："把没开封的药拿回来退了吧。"

一个多小时后，母亲恢复了正常。这次事件有惊无险，但也吓了我一身冷汗。

我心里有点儿怨气，却不敢和医生发作。我必须得忍着，因为母亲离不开医院。

我读了一篇文章，受益匪浅。

报载：在湖北省通山县孟垅村，有一个叫孟阿香的老人，她生育了三个"先天性智障"的儿子。1997年丈夫去世后，照顾三个儿子的重担就落在了她一个人的肩上。那时，她已年逾七十。

她常说："我可不能死，我死了，我的儿子怎么办？"因为这种牵挂、这种不舍，此后，她独自照顾三个儿子二十多年。

2018年初，九十二岁的孟阿香老人耗尽了全部的心血，无奈地走了——她是睁着眼睛离开的这个世界。

当人们帮着料理后事时，在她家的阁楼上发现了六个大木缸，每个缸里都装着满满的稻谷，共有一千多斤。

原来，早在多年前，孟阿香就想到自己终有一天会撒手人寰，而三个"傻"儿子是她最大的牵挂。于是就开始默默地给儿子们囤积粮食，直到九十岁时，她还坚持耕种家里的两亩多地，而自己却只吃野菜和地瓜干，将省出来的稻谷一点儿一点儿装进大缸。

九十二岁的老人、六大缸稻谷、闭不上眼睛的牵挂……

这段文字感动得我心潮起伏，彻夜难眠。人一旦成了母亲，就永远地戴上了情感的枷锁。在这个世界上，有一种情感亘古绵长，它不因季节而更替，不因名利而沉浮。

女本柔弱，为母则刚。孟阿香的故事使我更加懂得了陪伴老人不仅仅是照料好老人的生活，还应想办法调动老人自身的积极性、主动性，挖掘老人内在的潜力，使老人有责任感、使命感和价值感，增强老人的自信。懂得了这个道理后，在做家务的时候，我就装作不会的样子而向母亲请教；陪母亲唠嗑时，我表扬她，夸奖她，崇拜她，还经常说："老娘，我离不开你，离开你我没意思，你得陪着我……"

2018 年春，有一天推母亲出去时忘了关家里阳光房的门。回到家，发现有觅食的鸟在阳光房里东撞西撞。我关上门，经过一番周折捉到了一只麻雀。它并不好看，满身土灰色，小米粒大的眼睛圆圆地瞪着我，充满了仇恨和恐惧。

我把鸟放到母亲手上，鸟一挣扎，吓了她一跳。母亲问我这是什么，我说捉到了一只鸟。我拽着鸟的腿，让母亲摸鸟的羽毛。母亲抚摸着羽毛，怜悯地说："放了它吧，窝里还有小鸟。"

我小的时候，总愿意掏鸟窝，还经常用弹弓打鸟。母亲多次告诫我"不要残害生灵"，但那时我并不听话。现在，我早已有了怜悯之心，今日捉鸟，只是想让母亲摸摸鸟的羽毛。

听了母亲的话，我走出了阳光房，将鸟向空中高高一抛，同时说："老娘救你，飞吧！"那鸟像箭一样斜着射向天空，还惊魂未定或是侥幸逃生地啾啾叫了几声，我不知道那叫声是抱怨还是感激。当鸟的背影消失在天空中的时候，我有一种释怀的感觉。

回到母亲身边，我说："已经把鸟放了。"母亲微笑地点着头说："你是个善良的人，妈放心了。"

2019年夏，为了照几张相，我给母亲定做了一件暗红色的旗袍。母亲问："这件衣服多少钱？"我说："不知道。"母亲说："你怎么能不知道呢？"我说："不是我买的，是你学生送的。"母亲问："哪个学生送的？"我说："就是老和你打招呼的那个。"母亲很感激地说："学生想着我，咱得谢谢他。"

刚给母亲穿这件衣服时，我问："这衣服叫什么名？"她说："不知道。"我说："叫太后服。"

后来，每次给母亲穿这件衣服时，我都会问："你穿的是什么？"有时她说"太后服"，有时她说"不知道"。当母亲说不知道的时候，我就说："太——太——"母亲一下就想起来了，说："太后服。"说完就哈哈地笑，仿佛穿上了太后服她就成了太后。

本来只是为了照几张相，没想到母亲每次出去都愿意穿这件衣服。时间长了，袖口已磨坏了边。开始的时候，我两只手解和系旗袍的纽襻都挺费劲；后来，一只手就很容易地解决这个问题了。看着轮椅上微笑的母亲，看着母亲身上变旧了的旗袍，我微微地点着头，感觉这件衣服无比亲切。这件普通的旗袍，给我带来了那么多的快乐和欣慰。

2019年8月16日，那天下午从医院推老娘出来，天下起了毛毛细雨。我赶紧到路边的小商店买了把老式的伞，

这把伞够大，撑开的直径有一米三。上了河堤路，在前不着村后不着店的时候，雨突然就大了。我只能把伞放低，伞遮住了母亲，遮住了轮椅。我只能挨浇了，雨伞淌下的水还正好滴到我胸前的衣服上。雨只抽风似的下了一阵，当我们快到家的时候，天又晴了。这时，那只之前见过的已经长大了的小羊，正站在路边的水泥台上好奇地注视着我们。母亲看着小羊对我说："它和你一样，都浇湿了。"说完就有些无奈地笑。我一高兴，就让母亲用力地举着伞，留下了这张珍贵的照片。

母亲的鞋和小腿都淋湿了。回到家，我给母亲脱了鞋换了裤子，就赶紧剁了点儿姜，冲了碗红糖水让她喝，同时又用热水给她泡脚。母亲年纪太大了，恐怕承受不了这点儿凉。内外夹击，一出汗，这点儿凉就解了。

很早以前，我们有一家三世同堂的邻居。春末夏初的一天，也不知道是怎么弄的，八十多岁的爷爷掉进了旱厕的茅坑里。他的家人急忙用管子接上自来水给老人冲洗。当时老人冷得打战，身体都缩成了一个团。第二天，老人病倒了，第三天，老人就去世了。现在想来，老人应该是被冷水激着了，寒气入内没排出来所致。

母亲泡脚的时候，发现我还没换衣服，就急着说："你快把湿衣服脱了，咱俩一起烫脚。"母亲这样的一句话，令我全身都感到了温暖，驱散了我身上的那点儿寒。

2020 年 5 月下旬的一天，这是一个春光明媚的日子，暖暖的阳光柔和地照着大地。苏子河的水欢快地流淌着，微风徐徐，岸边柳树嫩绿的枝条伴着鸟的歌声婆娑起舞；轮椅压着路面斑驳的光影，空气中弥漫着泥土的芬芳；河堤路北侧一直连到山脚的稻田里早已灌饱了水，翻过的黑土一块一块地露出水面；拖拉机不知疲倦地在稻田里绕着圈耙地，耙过的地像一幅画，有蓝天，有白云，还有倒映着的开着白色槐花的远山。

路上的行人匆匆而过，母亲居高临下地坐在轮椅上，一边晒着太阳，一边静静地观看默默地欣赏。夕阳爱怜地

抚摸着母亲，母亲惬意地沐浴着夕阳，在柔和的光影下，我抽空用手机拍下了这最美的春光。

母亲抽烟。哥哥姐姐都说让她戒烟，医生也这么建议。

但最后还是没能戒掉，这和我有直接关系。

母亲是从 1965 年开始抽烟的，烟龄五十多年了，起因是那年我未见到面的十九岁的大姐因先天性心脏病死了。孩子早亡，对母亲而言，那种情感的煎熬，没有经历过谁也难以感受得到。好心的邻居（查婶）就劝母亲抽烟，以缓解她的精神痛苦。那时抽的烟是自卷的"老旱烟"。

到了晚年，母亲的烟瘾还挺大，我也就顺其自然。但因心脏病的原因，大家都说让母亲戒烟。

我有些矛盾。戒烟对母亲身体有益，但对她精神无益。抽了五十多年的烟，哪能说戒就戒？我也想让她戒烟，但我承受不了她和我要烟时的那可怜兮兮的样子。综合考量，我还是让她抽烟，只是控制一下量而已。

也出现过意外。母亲有些糊涂了之后，有一天，我给她点了一支烟，就到厨房做饭。当我回到卧室时，意外地发现床上的褥子已烧了巴掌那么大一块。这吓了我一跳，此后就不敢让她独自抽烟了。

我也抽烟。起因和母亲类似，因为那年二哥病逝。

母亲要烟时，我就点一支，让她抽两口，过过瘾。剩下的，我抽。

有时，母亲抽完第二口，就咬着烟不松，使劲地再抽一大口。之后像变戏法一样，将烟雾缓缓地从鼻孔散出……这时我说："得劲没？"她很满足地笑着说："得劲

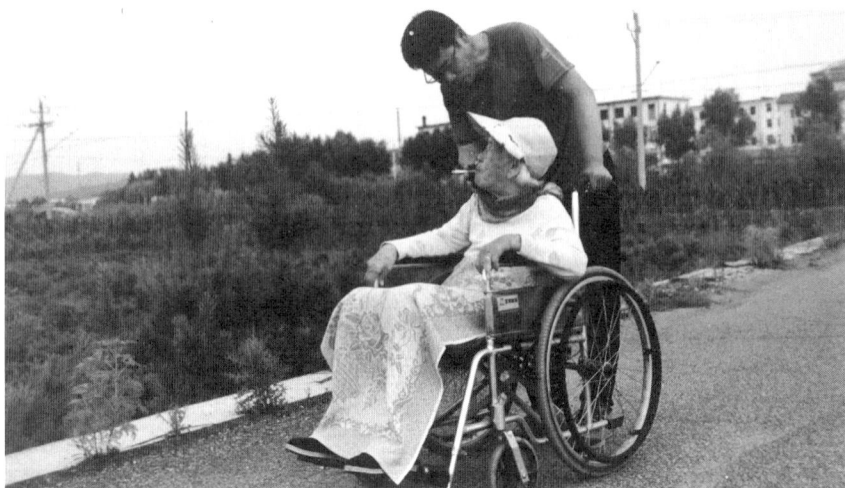

啦。"母亲得劲，我就得劲。

2021年9月13日深夜，我搂着母亲睡觉时，感觉腿上碰到了带有温度的黏稠状的东西，同时也闻到了一种特殊的气味。

我知道母亲又大便失禁了，就赶紧起来，先将自己腿上沾着的大便简单处理一下。母亲也感到了异常，她就伸手去抓，抓到了大便，就问："这是什么？"我说："你拉大便啦。"她可能是不信，就把手放到鼻子那闻，又蹭到了脸上……给母亲身上擦净，撤了卫生防护垫，看到被子和褥子上也都蹭上了大便。我把母亲抱到轮椅上，换了被褥，再把她抱到床上安顿好，之后在卫生间把被褥上的大便刷掉。被罩褥单能洗，而被褥只能在洗衣机里浸泡和甩干。

当我把这些事做完时，院子里关在笼中的几只大公鸡轮番地鸣叫。我深受鼓舞，感觉这种叫声能驱走黑暗唤来光明。

2021年10月初，母亲愈加憔悴，她呻吟着说心脏难受，喂饭也吃不下。或许母亲已感知到大限将至，那几天她多次无奈地拉着我的手说："权，妈快不行了。"其实，我也知道母亲的时间不多了，但在这最后的阶段，我还得给她希望。

母亲突然又想起了二哥。她说："他上哪儿了？他怎么不回来呢？我想他呀。"我的心里瞬间翻江倒海，不知该怎么回答。

当初，二哥对母亲最好，家里的活儿干得最多，在外面吃啥好吃的都想着妈……可二哥已离开十七年啦。十七年的时间，母亲的丧子之痛一直没好。谁又能理解母亲那日日夜夜的牵挂和分分秒秒的煎熬？唉，如果二哥活着，那该多好。

我冷静了一下，知道母亲又糊涂了。就试着说："他不是出国了吗？"母亲问："他什么时候能回来？"我说："前几天刚打了电话，他说明年就回来。"母亲点点头。或许是觉得时间太长了，过了一会儿，她又叹了口气，还摇了摇头。我急忙改口说："也许今年年底就能回来。"我不敢再提二哥的事，就急忙转移话题，扶母亲躺下，伸手给她挠痒痒。

光靠精神疗法是不行的。我送母亲到医院，用了四天营养心脏的药，还给她输了400mL血，但母亲的身体状况却出乎意料地未见好转。接着又输了三天的"欣康"，仍然没有疗效。

医生善意地劝我放弃，我无奈地仰天长叹。

从医院出来，在马路边我遇到了一个同学，唠了一会儿嗑。他礼貌地和母亲打了招呼，但母亲听不到。我跟母亲说："他是你的学生，向你问好呢。"母亲就很努力地要和他握手，但手刚抬起一点儿又擎不住地垂下了；她的唇动了动，发出了只有我能辨清的声音："谢——谢！"

回家的路上，我告诉母亲："你的这个学生都当县长啦！真是名师出高徒啊。"回到家，母亲躺在床上，她闭着眼睛自言自语："我的学生当县长了，我的学生当县长了。"说这话的时候，我发现母亲脸上洋溢着自豪的微笑。

远行前的牵挂和祝福

2021 年秋末冬初，这是一个叶子尽落的季节，东北漫长而寒冷的冬天即将到来。据报载：受拉尼娜现象影响，我国将有强降温、强降雪的极寒天气，今年冬天可能是六十年来最冷的寒冬。拉尼娜还没来，冥冥中我预感这个冬天对我而言，注定要翻江倒海起波澜。

今冬第一场雪其实是雨夹雪，它来得很猛，匆匆忙忙、杂乱无章地唰唰地下着。树木被冻雪压弯了头，冷不丁就发出咔嚓咔嚓折枝断干的声响，它打破苏子河的宁静，也让路上独自匆匆归家的行人受了惊吓。大地被淋湿冻结，苏子河的水缓缓地流淌，默默地融化着冰冷的雪片，河的南边已结了冰。

早上已生了火，屋里暖暖的。快到中午的时候，母亲有些精神，她坐在床上拉着我的手，睁大眼睛看着我，平静地说："权啊，我要走了。"我心里咯噔一下，说："你要上哪儿？"母亲说："我要去一个很远很远的地方，去了之后就永远不能回来了。"我不舍地说："老娘，你不能走，你还得陪着我呢。"母亲无奈地说："妈也不想走，我愿意和你在一起，但不走不行啦。"我强忍着，泪没溢出。母亲慈爱地用那双我熟悉的眼睛仔细地端详我，我看到她枯干的眼睛里涌动着一点儿晶莹的亮光。她用右手食指指着我，还微微地点了一下头。我愣愣地看着母亲，母亲安慰我说："下辈子我们还在一起。"我缓过神来，说："那你做孩子，我当老娘。"母亲点着头伸手抚摸我的脸，深情地说："你是妈的好儿子，妈谢谢你。妈走了之后，你要注意保重身体，好好生活。"我惊愕地看着母亲，母亲也在深情地看着我，仿佛永远也看不够似的要把我装在心里。母亲那充满无奈和不舍的目光，瞬间凝固，雕像般永远在我心中珍藏。我无语凝噎，情感的闸门再也关不住了，紧紧抱住了母亲，抱住了母亲……

　　这是母亲和我最后一次完整的谈话。

纠　　结

　　天气越来越寒冷。母亲的身体状况一日不如一日，各器官的功能都濒临衰竭。医生没有办法，我也没有办法。眼巴巴地看着可怜的母亲，我无能为力，束手无策。只能声声叹息，这是怎样的无奈呀。

　　有人说："母亲是一只船，载着我的期待和梦幻；母亲是一盏灯，给我光明和温暖。山，没有母亲的爱高；海，没有母亲的爱深；天，没有母亲的爱广阔；地，没有母亲的爱包容；云朵，没有母亲的爱洁白；花朵，没有母亲的爱灿烂……"这些溢美之词，我不会说，更不会写。我只知道母亲养育了我，在母亲心中，我的需求胜似她的需求；我不知道母亲是否为我操碎了心，只知道她还没老就白了头；我不知道母亲有多辛苦，只知道为了家她累弯了腰；我不知道母亲是否挨过饿，只知道好吃的她都留给我……母亲也有喜悦，那就是看到我成长、看到我进步、看到我快乐、看到我取得成绩的时候。

我嘴笨笔拙，不会讴歌母亲的伟大，只是想回馈母爱，报答母亲。这不仅仅是为了母亲，也是我情感的自由宣泄，是为我飘荡的灵魂找到一个安稳的家。

当母亲亲我的时候，当母亲抚摸我的时候，当母亲给我挠背的时候，当母亲搂着我的时候，当母亲睡觉打呼噜的时候，当母亲大口吃饭的时候，当母亲往脸上涂雪花膏的时候，当母亲由衷大笑的时候，当我喊母亲她大声答应的时候，当母亲亲切地喊我乳名的时候，当每个奢望实现的目标变成途中驿站的时候，当母亲一次次顽强地挣脱死神又回到我身边的时候……我由衷地感受到沐浴春风的惬意、亲情交融的温暖、有妈妈真好的幸福。

母亲啊，你是我的地，也是我的天，我的一切都是你给的。你就是那玉米秧，而我是长在你身上的玉米棒。现如今，我束手无策，只能眼巴巴地看着你日复一日地枯黄。

我知道和母亲在一起的时日不多了。失去了母亲，谁还能给我挠背？谁还能给我讲故事？谁还能亲切地喊我乳名？谁还能整日地牵挂我？我上哪儿能找到温暖喷香的怀抱？母亲啊，你别离开我，我舍不得你离开。我知道，你也不舍得离开我。

其实我很矛盾：我不忍，同时又不舍。母亲啊，你已看不见我了，所以总是摸我；你也听不见我对你的呼唤了，所以总是喊我；你脉搏微弱，只能咽一点儿流食，已没有了翻身抬手的力量。这一切，我都看在眼里，疼在心上。我以前经常说："老娘，我离不开你，离开你我没意思，你得陪着我。"于是，为了使我有妈，你忍着病痛之苦，艰难地熬过每一个夜晚，为了让我有娘，你拖着羸弱之身，强打精神挨过每一个白天。母亲啊，我不会让你孤独，我就守在你的身边。

窗外大雪纷纷，母亲瘦骨嶙峋。我抚摸母亲的脸，用手指梳母亲的头，还给母亲挠痒痒；我把着母亲的手摸我的脸，摸我的头；母亲吃力地睁开眼睛、用力地睁大眼睛，她在寻我，但却看不见面前的我；我大声地呼唤"娘，老娘"，母亲什么也听不见；我把脸轻轻地贴着母亲的嘴，感受到她的唇在微微地动，知道母亲还在亲我。母亲的生命已接近枯竭，但仍一滴一滴地渗出浓浓的舐犊之情！我想象、感受、体味母亲看不见、听不着的感觉，无奈的泪水在心中默默地流淌。我只能用抚摸和亲吻的方式传递情感的信息，让母亲感受亲情的阳光。母亲啊，在你弥留之际，我们共同感受着亲情交融的温暖，这也是骨肉即将分离碎肝断肠难以言说的凄凉。母亲啊，原谅我吧，这些年我竭尽全力地挽留你，本想让你幸福，可结果却是让你受了这么多的折磨。我不忍再让你受罪，但我更是不舍，我实在是舍不得呀！

燃烧着的太阳正慢慢地融入遥远的地平线。那充满眷恋的光芒，是母亲放不下的牵挂，是母亲没说完的嘱托，是母亲渐行渐远挥着手的遥望……我不觉地伸长了脖子，留不住地眺望，眺望，望着那母爱之光缓缓地下落，缓缓地落下。

2021 年的第二场大雪正鹅毛般紧紧地下着。四顾茫然，我的心被无奈给揉碎了。不忍与不舍，在失控的情感中纠结。

纠结，无法摆脱的颠来倒去的纠结！

天使回宫

春天、夏天还有秋天，带着情感恋恋不舍地站着排都走了。十月末的那场大雪，宣告了冬天的来临。这是我生命中最寒冷而无奈的冬天。2021 年 11 月 29 日 13 时 40 分，母亲耗尽了所有的能量，在温暖的家里，在熟悉的床上，在我像平常一样轻轻地抚摸着母亲的脸并"娘，老娘"深情地呼唤着的时候，闭上了眼、合拢了嘴，安详得像睡着了似的溘然长逝。当时大哥也在身边，真就应了"二子送终"的谶语。

茫茫苍穹，入冬以来的第三场暴风雪正天旋地转地下着。我方寸已乱，思绪一片空白，分不清东南西北，分不清白天夜晚，分不清天上人间……

游蜂近百年，离网登天国。按母亲的嘱托，丧事从简：没有花圈花篮，没有纸牛纸马，没有披麻戴孝，没有磕头鞠躬，没有烧纸上供，没有吹喇叭，没有哭九场……但是，我不忍让母亲在院中——那里空旷又寒冷；我也不愿让母亲在客厅——那里白天杂乱晚上孤单；我得让母亲在卧室——这才是母亲最留恋的地方。我们默默地陪伴着，珍惜着，这是和母亲在一起最后的三天！三天之后，母亲将永远离开这个世界，留给我的，是难以言说的无奈和水滴石穿的缅怀。

狂风不再肆虐，暴雪也停止了撒野，大地肃穆地裹着一色的素服。火化前，我含泪揭开了盖布，最后一次依次亲了母亲的左脸、右脸、脑门、下巴，还轻轻咬了咬母亲的鼻子。多想母亲再亲我一口，可是母亲却不能了；我握着母亲的手，那亲切而熟悉的手没有僵硬，仍柔软如初，只是不再摸我……以前是享受着亲情交融的温暖，而此刻是忍受着生死离别的心酸。"人生七十古来稀"，母亲已九十五岁，我应该知足了；"若不撒开终为苦"的道理我也是懂得的。但我与母亲早已融为一体了，在骨肉分离之时、在碎肝断肠之刻，任何理性的思考都是不堪一击的。

母亲走了，母亲走了……高温电炉的那扇无情的小门，永远残酷地屏蔽了我与母亲亲情交融的目光。

母亲啊，我那可怜可亲的母亲！我今生再也看不见你了——你也看不见我。但我们的牵挂，我们"下辈子还在一起"的承诺，定会永不褪色。

苍天啊，你见证过我和母亲的拉钩！大地啊，我怎么就没能留住母亲？哪怕一年、两年……

冻冰的苏子河明年春天还会融化，可远行的母亲今生再也不能回来。别了，母亲。能别吗？睁开眼睛，东南西北寻不到母亲；闭上眼睛，四面八方哪儿都是老娘。母亲并没走，她慈爱的眼神，她深情的呼唤，她芳香的怀抱，她自然而然的举手投足，她发自内心的音容笑貌，她爱怜地亲我抚摸我的那种美妙的感觉以及我们俩一系列深情的往事，永远固化在我的记忆中，飘荡于我的梦幻里。"有的人死了，她还活着"，我的心装得满满的，又像是被掏得空空的。多想时光重来，再真真切切地轮回一次亲情交融的地久天长！

　　天道循环，生生不息。对于母亲的离去，我没有断肠的痛苦，没有悔恨的自责，没有永别的悲哀，只是感受到萧瑟的苍凉和空旷的失落。这是物是人非的无奈，这是人去心空的惆怅。此情此景，我在十几年前就通过梦境体验过多次了，早有心理准备，知道这是一个必将到来也必须接受的结果。但现在，以前感觉对母亲的那些好，都随风飘散，而对母亲的那些不妥当（草率地用了两片扑热息痛导致她大失血，心存侥幸地没在床上安装护栏导致她受伤，愚钝地没能破解她饿而不吃的问题，以及因为晾毛巾被而导致她提前卧床……），如海啸般将我淹没。我那看似牢固的理性的护堤，瞬间被失控的情感的波涛冲毁。

　　夕阳西下，荒山一冢。母亲在里面，我在外面。咫尺之近，天地之遥。暮鸦声声，归路迢迢。阴隔阳阻，身单影孤。此去经年，梦绕魂牵。

我多想：远行的，一半是母亲，另一半是我；留下的，一半是我，另一半是母亲。这样，在里面，不孤单；在外面，不寂寞。

我凝望着深邃的夜空，看到那满天的、明亮的、闪烁的星星，就感觉那是熟悉的、亲切的、慈爱的，正牵挂着我、注视着我的母亲的眼睛！情不能已，涌出《思念》：

> 下凡因使命，
>
> 礼物献众生。
>
> 诸事皆成就，
>
> 天使已回宫。
>
>
>
> 思母望天庭，
>
> 相聚梦幻中。
>
> 念儿扶栏瞰，
>
> 闪烁满天星。

我的情感难以平静，又感慨出《怀念》：

> 闭上眼睛，
>
> 能看见
>
> 母亲的容颜；

没有开口，
心却重复着
深情的呼唤。

独处时，
萦绕着
母亲的声音；
呼吸间，
弥漫着
母亲的气息。

想和母亲唠嗑，
想给母亲做饭，
可那
轱辘已磨平的轮椅呀！
一圈一圈的故事
还没能讲完。

母亲在时，
日子很平凡。
母亲走了，
才知道

什么是珍惜，

　　什么是怀念。

　　苏子河早已醒了，它融化了一冬的束缚，精神抖擞地奔向了大海的方向；岸边垂柳柔嫩的枝条像仙女的纱裙，引得微风飘来荡去如痴如醉；灵动的鸟穿梭于枝头，追逐戏耍着交响出既熟悉又听不懂的古老歌谣；砬子头上一墩墩的达子香晃动着粉红色的小旗，呀！还有观众，那是阳坡山脚下密密麻麻亭亭玉立正抬头仰望的点点黄花；大地里沉睡了一冬天的种子都睁开了童稚的眼睛，正铆着劲地从土里往出钻；带着泥土气息的暖风，温柔地吹去了人们身上的冬衣；放眼望去，在远处，在天地间，一个老人引着两个孩子，正弯腰挖田里的什么菜。这一切都提醒我：生机勃勃的春天正在深情地向我呼唤。

　　巍峨的高山承载着千年的积雪，沧桑的大地奔流着古老的江河。每个人心中都有道义之责和理想之舟，天生我材必有用。为人之子，我尽全力践行了孝道，实现了当初设定的"油干灯灭"的目标。当母亲闭上眼、合拢嘴的瞬间，我有娘的时代在眷恋和无奈中永远地过去了。人生本过客，不应太纠结，母亲在远行前也嘱咐过我"保重身体，好好生活"。经过一年多的忙碌和调整，我终于挣脱了情感年轮的层层束缚与纠缠，即将开启新的生活。

雄关漫道真如铁，而今迈步从头越。和母亲相互陪伴过程中，不论是幸福还是忧伤，不论是欢乐还是哀愁，不论是希望还是失望，都为我积累了宝贵的精神财富。母亲希望我"做个对社会有用的人"，并给了我勇气，给了我力量，给了我坚强。为实现母亲的希望，我虽已奔花甲之年，但我心中仍然像年轻时一样澎湃着难以抑制的激情。天地转，光阴逝，时不我待。现在，马上，我要顺时代之大潮，向着心灵渴望已久的彼岸，乘风破浪，扬帆远航！

关于孝道的点滴思考

我们做任何事情，不仅要知其然，也要知其所以然。只有在正确理论指导下实践，才能事半功倍，从而达到知行合一的"学而时习之，不亦说乎"的境界。

孝之形——温馨陪伴

有首唱响华夏、经久不衰的歌，歌词感人，朗朗上口，曲调优美，绕梁不绝。这首歌的名字是《常回家看看》。

《常回家看看》为什么能家喻户晓、经久不衰？因为它唱出了老人实实在在的精神需求，唱出了老人日思夜想的灵魂渴望。

通过改革开放，我们的物质生活逐步改善了。近年来，国家加大了扶贫力度，农村温饱问题也已解决。但我们的老人，尤其是不能自理的老人，因种种原因，在精神上却更加孤独寂寞了。

有一个现象：很多老人养宠物狗。有的老人称它为"儿子""姑娘"，还给它穿漂亮的衣服、鞋子，定期给它洗澡，每天给它买好吃的，甚至有的老人省吃俭用也要养宠物狗。这种现象是不是不可思议？可它却真实而普遍地存在着。

老人普遍社会活动少，甚至有的老人没有了社会活动。

若子女很少回家陪伴，老人往往就长久地孤独寂寞。而宠物狗略通人性，它忠贞不渝、不离不弃，可以长久不离左右地陪伴老人，能给老人带来些许的快乐，缓解老人的孤独寂寞。这既是很多老人养宠物狗的原因，也是他们无奈的选择。

儿女比狗亲，却在手机里，远水不能解近渴；狗比儿女疏，但能伴身边，近水楼台可得月。老人养狗，因日久生情，就叫"儿子"或"姑娘"了。

老人养宠物狗无可厚非，但这反映出他们因缺少关爱而孤独寂寞的心理状态。

20 世纪 80 年代开始，我们传统的家庭生活模式逐渐发生了空前的变化，那就是数量庞大的老人空巢而居。

以前，在农村经常能看到四世同堂的温情，但如今却难得一见。那时，农民在家种地，工人在工厂上班，几代人共同生活，其乐融融。后来农民和下岗工人外出打工，开始时，外出务工主要以中青年男性为主，老人、妇女和孩子看家守地。近年，打工族携妻带子外出已成趋势，只有老人在家留守，成为空巢老人。外出务工的子女们忙于生计，一年难得回一次家，有的甚至几年都没回过一次家。留守老人只能围着自己的空巢打转，在孤独寂寞中，在狭小封闭的空间里，生活无人照料，情感得不到倾诉。日复一日，年复一年，有的老人最后无奈地与他们的子女永远地不告而别。

此外，还有其他原因使农村和城市老人空巢而居。

近年，媒体报道的老人在家孤独地离世，直到尸体发出腐烂的气味才被邻居发现的事例也不少。

常回家看看，这是能自理老人的需求，而不能自理的老人，尤其是不能自理的独居老人，他们不仅需要子女常回家看看，更需要子女的陪伴。如果没有子女的陪伴，他们往往就生活在孤独寂寞的世界里，生活在冷酷无情的地狱中……

有时我就想，为什么幼小的孩子能被父母呵护着快乐地成长，而一些不能自理的老人就得孤独寂寞地躺在床上？

陪伴，不仅仅是陪着老人，而且是在一种亲密、融洽、温暖的氛围中使老人感受到亲情。

陪伴，就是和老人在一起，陪老人唠嗑，和老人做伴，照料老人的生活，慰藉老人的精神。陪伴，绝对不是找点儿时间、找点儿空闲能做到的；陪伴，是驱散老人孤独寂寞的开心果，是照亮老人幸福生活的孔明灯；陪伴，不仅是老人的需求，也是子女的责任、子女的义务。

我就想，仅仅靠责任、义务，还是远远不够的。因为责任、义务都是负担，其来源是外部的压力，是不得不做的事。既然是这样，那除了应付，还能有什么？陪伴好老人，靠的是内在的动力，只有内在的动力，才能迸发出积极性、主动性、创造性。

责任、义务和"你养我小，我养你老"，都带有等价交换的商业味道。既然是交换，就淡化了情感。没有浓浓的亲情，如何能待好老人呢？

父母对孩子有抚养教育的义务。但父母只是抚养教育孩子吗？父母是因孩子的快乐而快乐，因孩子的忧愁而忧愁。孩子长大成人，父母没有责任和义务了吧，但父母会牵挂子女一生。父母对子女绝不仅仅是履责任、尽义务，还有深深的爱。

我们也一样。只有怀揣挚爱，才能心甘情愿地陪伴老人，只有怀揣挚爱，才能理解和包容老人，只有怀揣挚爱，才能陪伴好老人。挚爱，是陪伴好老人的先决条件。

如何陪伴，我思考多年，至今没有找到理想的答案。因为各自的情况不一样，唯一相同的就是都难，不仅客观难，主观也难。我就想，要克服这种难，首先得克服主观上的难，只有克服了主观上的难，才能克服客观上的难。克服多一点儿的难，就能增加多一点儿的陪伴；增加多一点儿的陪伴，就能让老人感受多一点儿的温暖；老人感受多一点儿温暖，子女将来就少一点儿遗憾。人的能力有大小，条件也各不一样，我们应努力做好的，就是尽量满足老人当下的需求。只要我们尽心尽力了，将来就能无怨无悔。这也是我这些年追求的目标。

我们幼小时在母亲怀里三年。也正是基于此，古人讲"守孝三年"，以示报恩。现代的人们"守孝三年"已很少见到了，但丧事隆重大操大办还是有的。我就想，守孝也好，大办也罢，都莫如生前陪伴。如此，老人幸福，子女心安。

有人说："小孝是陪伴，大孝是骄傲。"我就想，行孝是满足老人的需求，包括物质需求、行为需求和精神需求，而老人在不同阶段有不同的需求。老人身体尚好时，他们最渴望的是因子女而骄傲；老人不能自理之后，他们最需要的是子女的陪伴。所以，孝，不分大小，而取决于老人的需要。

当代语言学家季羡林在望九之年，感到"永久的悔"便是"离开母亲"。他说："世界上无论什么名誉，什么地位，什么幸福，什么尊荣，都比不上待在母亲身边。"

有一位母亲，丈夫去世早，她和唯一的儿子相依为命。儿子很争气，不仅聪明，还刻苦学习，名牌大学毕业后，远走新加坡定居。那时，这位母亲逢人就讲她儿子的事，而且脸上洋溢着满满的欣慰。儿子也挂念母亲，每年都给她寄回很多钱，但几年也回不了一趟家。这位母亲年纪大了之后，生活力不从心，情感无人倾诉，她每天撕一页日历，天天盼儿归。一本一本的日历都撕完了，儿子仍归期遥遥，后来她郁郁而终。儿子寄回的钱，她都在银行存着呢！钱，并不是万能的。现实生活中，多少人凭着给老人钱财而很自豪地认为自己是尽孝了。

好多父母总期望孩子能考上好大学，能到大城市工作，希望孩子远走高飞。他们认为这样不仅孩子出息了，还能引来别人羡慕的目光，但却忽视了品行教育。到了老年孤苦之时，他们才会从内心感受到老无所依的悲凉。多少老人在生命的最后阶段感慨："这辈子最后悔的事，就是把孩子培养得太'出色'了。"

还有一位老人，两个儿子大学毕业后都不在身边。他孤苦伶仃地说："要是两个儿子有一个成绩不好就好了……"

毕淑敏在《孝心无价》中说："一生一世的事业，何必太在意几年蹉跎？"我曾经也很信服这句话。但通过长期的实践和思考后，我感觉陪伴老人，也不一定就是蹉跎。因为在陪伴过程中，我们也能悟出许多在书本上和工作中学不到的人生奥妙。对于年轻人而言，人生经历和天分、学识同等重要。生活中的无奈、痛苦、挫折、沮丧等，都是磨炼意志品质的良机，都可能成为登上高处的台阶。但关键是得怀揣渴望地忍住、挺住、坚持住。

风烛残年的老人需要子女，就像哺乳期的孩子需要母亲。当初，孩子需要母亲之时，母亲就在身边；而老人需要子女之时，子女却已远离。不仅仅是身体远离，心也远离，甚至远离得很难想起。

老人的路，通向深秋，是越走路越窄，越走越荒凉，越走天越黑，越走越孤独。老当益壮，那是还没老时人们的一种期望。理想很丰满，而现实太骨感。老人不能自理后，如果没有子女的陪伴，谁都难免要在一个封闭的环境中，茫然无奈地经历一场凄风苦雨。

老去并不可怕，可怕的是在老去过程中那无助的痛苦与哀愁。这种痛苦与哀愁最好的解药，就是子女的陪伴。

开始陪伴母亲时，她已病弱不堪，我以为她的时间不会很长，最多也不过几年。现在回首，蓦然吃惊地发现，泥泞坎坷的路上，我与母亲已走过了十几个春秋冬夏。那些老邻居熟悉的面孔早已见不到了，而母亲却不可思议地痛并快乐地生活在我的身旁！都说健康长寿，而我母亲这么多年疾病缠身，她也长寿了。现在我懂了：子女的精心陪伴，是老人能与病共舞、安康长寿的重要条件。老人不能自理之后，其命运往往掌握在子女手中，就像子女幼小时命运掌握在爸爸妈妈手里一样。

陪伴，不一定能解除老人的所有痛苦，但一定能提升老人的幸福指数；陪伴，不一定能拓展老人生活的宽度，但一定能延伸老人生命的长度。你发现没有，那些长寿的老人，往往身边有个能陪伴会陪伴的子女。

陪伴，会使子女很辛苦、很忙碌甚至很委屈，还可能影响子女的仕途和收入。但在陪伴老人的过程中，子女也能收获欣慰和幸福。

老人不能自理之后，如果子女有条件，最好是由子女陪伴。但现实生活中，好多人工作、生活等压力都很大，整日为工作而努力，为生活而奔波，真是不具备长年累月地陪伴老人的条件。

在这种情况下怎么办呢？孔子曰："父母在，不远游，游必有方。"孔子强调要陪伴老人，但也不反对有正当理由离开父母，若离开父母，得有"方"。我理解这里的"方"有两种含义：一是去哪里干什么要让老人知道，免得父母担心。二是对需要照料的老人得有适当的安排，比如雇保姆或送养老院等。

雇保姆或送养老院，老人能够得到照料，甚至是比较专业的照料，同时也不大影响子女的工作和生活。但由于没有亲情关系，工作人员很难有情感的投入。没有情感的投入，老人就得不到情感的满足。

雇保姆或送养老院只是基本上照料了老人的生活，可老人更需要精神的慰藉。而慰藉好老人的精神，除了身体状况尚好的老人能自娱自乐外，往往需要的是亲情，靠的是子女，这是不可替代的。

我家附近有一个养老院，2016 年 9 月的一天，发现一个老人不见了。这个老人男性，七十八岁，小脑萎缩，有些痴呆。

院方很着急，迅速派人外出寻找，并通知了老人的子女。两天后，老人的儿子告诉养老院老人回家了。

老人的家与养老院有五里路远，他找到家用了两天的时间，这两天都发生了什么？他是怎么找到家的？老人事后都说不清。

老人是怎么出的养老院呢？事后得知：养老院的围墙里有一个老式的铁质大油桶，直径约0.7米，高约1米，重约六七十斤。他竟然是把大油桶一点儿一点儿地挪到墙边，不可思议地踩着大油桶翻墙出了养老院。

他说回家就是"想孩子了，要看看孩子"。因为他的子女已经半年多没去看他了。

这是怎样的情感需求？这种情感需求竟能使七十八岁的痴呆老人那么不可思议地翻墙而出！

雇保姆或送敬老院是无奈的选择，这只是照料了老人的生活，而慰藉老人的精神，主要还得靠子女。所以，不管多忙，子女要常去看看老人，和老人亲近亲近，尽量满足老人的情感需求。

我就想，去看望老人，也是一种陪伴，最好是约定固定的时间，比如星期三和星期天。这样，过了星期天，老人就盼着星期三；过了星期三，老人就盼着星期天。如果老人天天都有期盼，那么，这种期盼就会转化成一种神奇的精神力量，而这种精神力量能奇妙地使老人幸福安康。

　　在陪伴母亲的过程中，我深深感受到了自己的卑微和渺小，同时也品味到了幸福和自豪。

孝之难——知难而进

有人和我说陪伴高龄老人应该也很容易。我问他怎么个容易法。他说老人需要什么就给他什么呗。我问他老人需要什么。他说吃喝呗。我说可不是这么简单。他反问我老人都需要什么。我说一般情况下，老人有如下需求：一、生活照料。包括吃喝拉撒、洗洗涮涮、柴米油盐等，得使老人能舒适地生活。二、精神慰藉。包括和颜悦色、亲情交融、听老人唠叨、和老人唠嗑等，使老人不孤独寂寞。三、适当的活动。这类活动需要我们设计、引导、配合。四、提升自信。得想办法让老人有价值感、成就感、自豪感。五、防病治病。应及时准确地发现老人身体的细微变化，如有疾病，要早发现、早治疗……

陪伴老人，对我们每个人而言，往往有一个或长或短的过程。在此之前，既没有实践过，也没有学习过，故而就凭想象盲目地认为陪伴老人很容易也很简单。其实容易还是难，取决于实践中的会与不会、精与不精、善与不善。

还有一些自诩为传统文化"大师"的人们，自己根本就没怎么陪伴过老人，更不知道如何陪伴老人，只是囫囵吞枣、形而上学地读了些理论的皮毛，就"手舞经阁半卷书"地在一些平台或讲台上"坐井说天阔"。鹦鹉学舌，纸上谈兵，实践中百无一用，误人子弟。针对这种情况，我很希望学校能开"陪伴父母"这门课，哪怕是选修。

我们陪伴老人的目的是满足老人的需求。要满足老人的需求，首先得全面地了解老人，如老人的经历、性格、心理状态、身体状况、精神需求等，只有全面地了解了老人，才能理解老人，才能包容老人。否则的话，可能就会矛盾不断，一脸茫然。结果只能是被动地应付。不论什么事，一旦是应付，就做不好了。

陪伴老人，往往没有轰轰烈烈的壮举，所做的都是生活中平凡的琐事，而且是默默地做，重复地做。

陪伴好老人之难：

一、难在时间。老人需要照料之时，子女往往正处在为工作而努力、为生活而奔波的壮年阶段。他们有好多事情要做，这都需要时间，而老人需要的是长久的陪伴。这本身就是矛盾，需要艰难地抉择取舍，因为鱼和熊掌难以兼得。我女儿以前就和我爱人说："人家老爸经常陪孩子，我老爸成天陪我奶，就是不陪我们。"我爱人对女儿说："奶奶都卧床了，不能独立生活，你爸是奶奶养大的儿子，他应该陪奶奶，等他有时间了，一定能多陪你。"女儿说："那时我可能就长大了，就不需要老爸陪了。"听了她们娘儿俩的对话，我心里也五味杂陈。这些年，爱人从没因为我陪伴母亲耽误家事甚至放弃仕途而跟我红过脸。我是既感激她的理解和支持，也感觉委屈了女儿。2020 年 9 月 25 日女儿出嫁了，婚礼上，当我把女儿的手放在女婿手中的刹那，突然百感交集地意识到女儿已不再需要我的保护和陪伴了。我怅然若失，深感无法弥补对女儿的亏欠。这十多年来，我有好多事想做而做不了，比如，做了多年的律师工作我放弃了，县里调我任政府法制办主任也被我婉拒了。我们没有分身术，所以在时间上很难。

二、难在心甘情愿。照料好老人的生活，是简单动作默默地重复做的过程。比如老人尿频、尿急、尿失禁，每天十几遍甚至二十几遍，我们要帮着端、倒、刷、洗……而且哪是一种事情呀，几乎所有的事情都是重复做——几千次、几万次、几年、十几年。陪伴老人不需要理由，如果偏要说理由的话，那理由只有一个：他们是养育了我们、牵挂着我们、爱了我们一生的老人。

陪伴照料好老人，也是我们内心的需求，但往往被浮躁和疏忽所掩盖。在老人离开我们之后，这种需求时常会撞击我们的心灵，但为时已晚，空悲叹。

陪伴照料好老人，不是给别人看的，如果给别人看，那就是应付；也不需要表扬，如果追求表扬，那就是表演；更不能和兄弟姊妹推诿分责，若推诿分责，那就是不担当。应付、表演、不担当，不仅待不好老人，而且让老人心寒、失望。

慰藉好老人的精神，就像是哄孩子，需要的是细心、用心和耐心。只有细心，才能及时准确地发现老人灵魂深处的渴望；只有用心，才能找到切实可行的慰藉老人心灵的好办法；只有耐心，才能春风化雨润物无声地滋养老人的精神。

我不赞同子女轮流地赡养老人。如果这样的话，老人往往就得无奈地穿梭于不同的家庭，寄人篱下，毫无家的归属感；再者，由于是轮养，有的子女可能适应不了，就被迫应付；还有一种现象，子女将老人分别赡养，人为地将父母分开。以上情况，改变了老人的生活环境和生活习惯，限制了老人的自由空间。这会使老人感觉自己必须依附于子女，是累赘，又无奈，不知不觉中就丧失了尊严。这对老人而言，其实是一种很重的伤害。

孔子有个学生，他抱怨着跟孔子说："守孝三年不合理，应改为一年。"并征求孔子意见。孔子问他："守孝缩短为一年，你觉得心安吗？"那学生说："安啊。"孔子说："安，那就一年。心不甘情不愿，守三年又有什么意义呢？"陪伴老人也一样，如果没有发自内心的责任感，没有时不我待及时陪伴的紧迫感，没有以老人幸福快乐为自己幸福快乐的感恩心，就不可能长久地陪伴好老人。陪伴照料好老人，需要的是不求回报无怨无悔的心甘情愿。

三、难在和颜悦色。我们都有家庭、有自己的工作和生活，也都有七情六欲，在工作和生活中还有很多烦心的事。在这种情况下，能长期陪伴老人就很不容易了。当老人和我们唠叨的时候，当老人按他们几十年前的经验管我们、指挥我们的时候，当老人大小便失禁、屋里臭气熏天的时候，当老人一个劲儿喊饿却不吃东西的时候，当老人莫名其妙地对我们发脾气的时候，当我们在陪伴老人过程中不被理解，甚至因被误解而蒙冤受屈的时候……我们有多少人能理解老人、包容老人而做到和颜悦色呢？所以孔子告诉我们"色难"。慰藉好老人的精神，必须得升华自己，破解"色难"。

四、难在忍受苍凉。老人像孩子，但又与孩子不同。孩子幼小时不会走路，在我们精心呵护下很快会走了，能跑了。而老人本来能走路，可我们侍候侍候却不能走了，卧床了。孩子吃饭靠喂，他成长着，很快自己能吃饭了。而老人本来自己能吃饭，在我们照料过程中，却渐渐靠喂了。孩子不懂事，慢慢变聪明伶俐了。而老人很懂道理，慢慢变糊涂了。抚养每天成长的孩子，我们始终怀揣着的是憧憬和希望，而陪伴日趋衰弱的老人，我们感受到的往往是无奈和苍凉⋯⋯

五、难在持久。多少赤诚忠厚的孩子，都曾在心底发过"孝"的誓言。可现实却是"百日床前难有孝子"——陪伴老人，说说容易做好难，偶尔容易长久难，承诺容易兑现难，许愿容易还愿难⋯⋯

母亲不能自理之后，在陪伴她的过程中，我也遇到好多的难题。比如晚上，母亲尿频尿急，每次都得把她抱到坐便椅上，稍不及时，就尿床了，就得换洗；母亲又多痰，一听到咳痰声，我马上得用面巾纸去接；每天深夜，尤其是后半夜，母亲经常喊饿，听到后我就赶紧起来给她弄吃的，几顿得根据她的需求，没准数；晚上十一点之后，母亲心脏难受，痛苦地呻吟，不能躺下睡觉，直到凌晨三四点钟她才能安稳，我才有睡觉的机会。我的睡眠情况也不好，躺下很长时间才可能睡着，刚睡一会儿，天亮了，又得起来做饭⋯⋯而且她管事、唠叨，经常莫名地发脾气、闹情绪⋯⋯日复一日，年复一年，要说不难，那不是真话。不仅难，而且是很难！陪伴好一个失能老人，其难度远胜过抚养一个孩子。

我因自身的条件，睡眠本来就不好。在陪伴母亲过程中，每个夜晚的睡眠时间都不足两三个小时，有时甚至整晚不眠。苦点儿累点儿都不怕，但我很担心自己的身体会出问题。

我早年得过肝病。2004年二哥病重时，我日夜不离地护理了两个多月。护理一日不如一日癌症晚期的亲人，那是怎样无奈而绝望的心情啊！在这一过程中，我不仅要考虑明知不可为而为之的治疗问题，还得抓紧时间处理二哥对外的一些棘手的事……那段时间，我身心疲惫，还强装欢颜地对二哥进行各种临终关怀。他想见谁，他有什么未了心愿，以及后事的安排，我都得帮他实现。

处理完二哥的丧事，我身体像散了架。到医院一检查，是严重肝病，医院让我赶紧转院。在省医大二院通过一系列复杂的检查后，确诊为"早期肝硬化"。治疗一个月后，复查，病不轻反重。感染科主任医师跟我说："现在全世界也没有真正治肝病的药，你住了这么长时间的院，钱没少花，也没有疗效，还是回家养着吧。"

我第二天就出院了。回到家，我就想：二哥刚没，我又这样。不行，我不能坐以待毙，因为我还有老娘，还有孩子。

我和妻子一起到了北京协和医院，做最后一搏。二哥的病就是在协和医院确诊的，那时，我和肝胆科主任医师有些交集。这次我又找了他，他也给我帮了忙。经过简单的检查，他说我的病是"肝弥漫性病变"。我问："弥漫性病变和肝硬化是什么关系？"他说："弥漫性病变是肝受到了严重的损伤，是肝病向肝硬化转化的过渡阶段，但还没形成肝硬化。"我问："还有救没？"他说："肝弥漫性病变是可逆的，有没有救，不在我，而在你。"接着他就给我讲了肝病的原理，并给我提了四点建议：一、肝主情志，要调整好心态，这是重中之重。二、不能再大量吃药，是药三分毒，肝负担不起。三、多摄入富含植物蛋白和维生素的食物。四、注重休息，适当活动。他告诉我："肝病以养为主，以调为辅。谁都救不了你，只有你自己能救了你。如果你做得好，三到四年可恢复。"他还补充说："切记，肝病可疏可泻不可补，人参、鹿茸等大补的东西你不能用。"听了他的话，我恍然大悟，一天院都没住，在北京游玩了两天，就回家了。

回家后，我用了几天的时间，就琢磨出一套自己的养肝办法并践行之。那之后，我三年没敢体检，怕让我住院。第四年的时候，我感觉思维、精力、饮食、体重都挺好，就壮着胆子检查了一下肝。做彩超的时候，医师问："你以前是什么病？"我说："医大确诊是肝硬化，我有心理准备，有什么事直接跟我说。"她说："我记得你肝病挺重啊，怎么现在啥也看不出来了呢？"我一听，那颗悬着的心马上踏实了，长长地舒了一口气——我终于恢复好了。

肝病最怕熬夜和上火，而陪伴日夜煎熬日趋衰弱的母亲，对我身体而言，是又一次的严峻考验。对此，我也有些恐惧。如果身体因此出现了重大问题而倒下了，那不仅陪伴不了母亲，也对不起妻子和女儿。我曾经也想雇个保姆，但母亲坚决不同意。那时我认为母亲的时日已经不多了，趁她还在，我要兑现当初许下的善待母亲的愿。我就想，人终有一死，但我要力争让母亲油干而灯灭，绝对不能灯灭而油没干。我就默默地给自己定了位：保姆、家庭医生、心理医生。后来我身边的朋友看到我消瘦、憔悴，甚至脸上都有了黑斑，就纷纷善意地提醒："你这么干，身体就垮了，不行就雇个保姆吧。"我说："这么干，我身体可能会垮；不这么干，我内心承受不了。"接着我又加重语气说："二选一的题，我只能这么干。"

这些年我都不敢体检，因为一旦查出了问题，我是住院还是不住院？如果住院，那母亲该怎么办？如果不住院，这又增加了我的精神负担。我就想：母亲是爱我的，她只是通过特殊的方式让我体验生活并思考和感悟人生，从而有所作为；母亲绝对不会让我倒下，老天也不忍让我倒下。就是这种坚定的信念，让我平安地度过了漫长而艰难的岁月。当然，我也不是听天由命，为了预防身体潜在的危险，我每天都喝中药来提高自己的免疫力。如果不尽心尽力地陪伴母亲，我也能找到一大堆"理由"，但唯一逾越不了的，是灵魂深处那道看不见的良心的关。

有一种现象，那就是老人对偶尔回来的子女特别亲切，就像对待客人一样热情。这时，陪伴老人的子女的心里就不平衡了，就容易抱怨："我陪伴你，你却对他好。"

其实，老人对子女都是一样的。因为有的子女长期在外，老人对他的情感需求满足不了，一旦有了机会，很自然地表现出亲近和客套；而对陪伴在身边的子女，由于整日在一起，老人的亲情需求能够得到满足，故而就少了亲近和客套。就像你给了老人什么东西，老人背着你就把东西给了生活相对困难的子女一样。谁弱就牵挂谁，见不到谁就想念谁，这就是老人。

老人对偶尔回家的子女亲近客套，这说明你做得好；老人牵挂困难的子女，这说明你能力强。所以，不要因为此类事而抱怨老人，因为这是老人尤其是母亲的天性。对此，我们可能不理解，但必须得知道。否则的话，不仅误解了老人，自己也徒增烦恼。

据我观察，老人还有一个普遍现象：用一个字来说，是"作"；两个字来说，是"闹腾"；三个字来说，是"折磨人"；四个字来说，是"没事找事"。但这都是表象。其本质原因是老人已回归成孩子了，这主要是生理和心理的自然变化使然。当然，也和老人的经历、性格、认知等有关。如果不了解老人的这种变化，就不能理解老人，更难以包容老人。如此的话，往往会矛盾不断，结果是老人伤心，自己抱怨，劲没少费，事倍功半。

有的人充满抱怨地说："老人太折磨人了。"也有的人很羡慕地说："有老妈真幸福。"这时我就能做出判断：说老人折磨人的人，他的老人尚在，正处在艰难期；说有老妈真幸福的人，他的老妈应该是不在了。为什么会出现这种情况呢？因为老人在的时候，许多人只感受到了陪伴老人之难，却忽视了亲情的温暖；而老人不在了之后，只想起了亲情的温暖，却忘记了陪伴之难。其实，陪伴老人，尤其是陪伴不能自理的老人，既有忙碌的辛苦，也有自豪的欣慰，既有太多的无奈，也有亲情的温暖，这是一个痛并快乐着的过程。

有人说："不识庐山真面目，只缘身在此山中。"这确是一种实际情况。而在生活中，我的感受是：不识庐山真面目，只缘山未在心中。若是胸中有成竹，慧眼岂能被雾迷？

如果我们当下不理解老人，等我们老了的时候，或许自然就理解了。但为时已晚，空抱憾。这种憾一代代轮回，岂不可悲？

历朝历代，有好多文字都是讴歌母爱的，我还没看到有一本书是弘扬母爱的，因为母爱是天性，世界上最不缺的就是母爱。与此相反，我倒是看到了一些弘扬孝道的书籍，比如流传已久、家喻户晓的《二十四孝》等。

对于《二十四孝》中的一些故事，像"卧冰求鲤""哭竹生笋""扼虎救父""郭巨埋儿"等，虽然配有生动的插图，但我怎么也看不懂，横竖都想不明白。

还有《增广贤文》中的"羊有跪乳之恩，鸦有反哺之义"。好多理论型的专家、学者都用这句话劝勉人，以至童叟皆知，耳熟能详。

"羊羔跪乳"，这种现象属实。但羊羔为什么跪乳？是报恩吗？对此，我也是心存质疑。在前篇《轮椅上的期盼》中有母亲与小羊互动的情节，其实在那时，我就开始思考"羊羔跪乳"的原因，也下了些功夫观察：母羊的腿比较短，是站着哺乳；乳又大，身体下面的空间小。而羊羔的腿却相对长，它站着吃不到乳，卧着也吃不到乳，只有前腿跪着才能吃到乳，故而跪乳。这应该是羊羔生存的一种方式方法，是天性使然，难以推断为报恩。

至于"乌鸦反哺"之说，我反复看了纪录片《动物世界》，现代设备对于不论是在天上的还是在地下的或者是在水里的动物，都能清楚地再现它们在白天或晚上的活动，但并没有捕捉到"反哺"这样的镜头。

"夫孝，天之经也，地之义也，民之行也。"孔圣人早就告诉了我们：孝，是人独有的行为。

路遥说："故事可以编，但生活不可以编。编造的故事再生动也很难动人，而生活中的真情实感哪怕未成曲调也会使人心醉神迷。"梁晓声在《人世间》中也有一句话："凡是在虚构中张扬的，都是在现实中缺失的。""虚构的张扬"

华而不实，编造的故事有形无神，就像那"皇帝的新装"，谁心里都明镜似的，但却都盖着遮羞布，喊着口号铆足了劲如小孩子过家家般你糊弄我、我糊弄你。这种照猫画虎的临摹和改头换面之搬弄，不仅不能感染人，还容易引起人们的反感，很难起到"弘扬"的作用。

我很纳闷儿：民间有那么多真实感人的孝道故事，为什么就没能登上大雅之堂？

父母包容"七岁八岁讨狗嫌"的孩子很容易，但子女包容老人却很难。难易之间也可以转换：如果能把老人当成孩子，那么在陪伴过程中，好多看似复杂的问题就简单了。

我有克难秘诀，它适用于想陪伴好老人，但又对陪伴老人过程中的种种难有困惑的人。我的克难秘诀，可用三句话表述：

一、珍惜老人留给我们的最后时光。今日脱下鞋和袜，明日不知穿不穿。当初我选择陪伴母亲的时候，母亲的身体已风雨飘摇。我认为母亲随时都可能离开，过了这段时间，就永远没有陪伴母亲的机会了，我得珍惜这最后的时光。我就是抱着这种心态陪伴母亲的。十几年过去了，母亲仍然安康！于是，我懂了：心态决定行为，行为决定结果。

二、把老人当孩子。一位母亲能使十个孩子快乐地成长，可十个子女未必能陪伴好一位母亲。为什么呢？因为母亲把孩子当孩子，而子女把母亲当妈呀。这些年，我在陪伴母亲过程中所做的，无非就是"亲、摸、闻、逗、喊、玩"等。通过长期的实践、思考、总结，我就想，如果把母亲当妈，那么我永远陪伴不好母亲；如果把母亲当孩子，那我就能油然而生"衣带渐宽终不悔，为伊消得人憔悴"的情怀，就会有足够的理解和包容。而理解和包容，是照料好老人生活、慰藉好老人精神的法宝。

三、不经风雨怎能见彩虹。陪伴好老人绝对不是简单的事，这是个系统性工程。在这个过程中，我们需要忍耐、需要坚持、需要理解、需要包容，既要顺其自然地耐得住寂寞，也得心平气和地解决各种麻烦。这是一个自我克制，自我修炼的过程。这些年，当我感觉难以忍受的时候，就想想母亲以前对我的恩情，拍拍自己的良心，想想自己的责任、义务、使命，想想唐僧师徒取经历经了多少艰难险阻方成正果。这么一想，我内心就平和了。

珍惜最后时光，把老人当孩子，不经风雨怎能见彩虹。这是我经过十余年实践、思考、总结所感悟出的克难秘诀。

孝之魂——破解"色难"

子夏问孝时，孔子说"色难"。通过长期陪伴母亲，我深深体会到"色难"这个词表述得太精准了，精准到灵魂深处，精准到骨髓里了。但孔子并没告诉我们如何破解"色难"。

如果武断地硬把陪伴分成两个档次的话，那么我想：低档次的陪伴应该是照料好老人的生活；高档次的陪伴是在照料好老人生活的基础上，慰藉好老人的精神。而慰藉好老人的精神，就必须得破解"色难"。破解"色难"，是陪伴好老人必须得越过的一道关。

"抽点儿时间、抽点儿空闲"地回家看看生活完全能自理的老人，甚至走的时候还能带点儿东西，在这种情况下，对老人和颜悦色不难。

"色难"难在长期陪伴不能自理老人的过程中。

陪伴需要大量时间，这必然影响我们的工作和生活；陪伴虽然是自愿的，但有时也难免感到无奈、产生抱怨；

陪伴的目的和作用是使老人幸福安康，但往往得不到别人认可；陪伴得经常忍着孤独寂寞处理那些无休止的麻烦，但自己的付出很少被别人看见；陪伴过程中，我们的良苦用心还可能不被兄弟姊妹理解，或遭到老人抱怨……人人都有难唱的曲，我们自己在工作和生活中，也经常遇到烦恼、无奈和沮丧；家家有本难念的经，生活是一杯酒，生活是一团麻。以上种种现象掺杂到一起时，我们就难以控制自己的情绪，就容易因抱怨而对老人发脾气，甚至恶语相加……

母亲刚强又倔强，早年还得过间歇性精神病。母亲凭着自己的认知和一辈子积累的经验，什么事都要管。母亲的爱管事和唠叨，让我很不理解，那时我就想：自己都管不了自己了，我满足了你的需求就得了呗，为什么还老得管我？于是就经常和她产生矛盾、发生争执，结果是母亲伤心我也抱怨。其实母亲管的都是生活中的琐事，什么事怎么办她都愿意发表意见。不按母亲的意见办，她就生气，她就急眼；按她的意见办了，她还让我把办的过程和结果再和她讲一遍。母亲耳朵又背得厉害，我说话声音小了，她听不见，大声地喊时，脸上的笑容自然就没有了，她就说我态度不好……深夜，母亲说饿，我做好了饭，她说不饿，刚端下去，她又说饿；把母亲抱到坐便椅上让她尿，她说没有，刚抱到床上，她尿了；母亲在床上大便失禁了，她偶尔也用手抓，还哪儿都抹……2018年以前，我是经常地抱怨，甚至指责母亲，有时是心理活动，有时是付诸行动，每一次都伤害了母亲。

我就想，和颜悦色那是一种境界，虽然难，我应克服自我努力去做。良言一句三冬暖，恶语伤人六月寒，更何况我面对的是生我养我爱我的母亲。我做得再好，也是"谁言寸草心，报得三春晖"。我也知道，孝敬老人是"天之经，地之义，民之行也"。道理想清楚了，但我还是不能完全做到和颜悦色。比如我烦躁时就控制不住情绪，多次态度很不好地顶撞和抱怨过母亲。看到母亲伤心无奈的模样，我又因心疼她而自责，甚至啪啪打自己的嘴巴，心里默默地说："老娘，我对不起你。"之后赶紧去哄母亲。有时虽然没发火，但内心却不高兴，这时不用照镜子，也知道自己的表情一定是冷漠可恶的模样，之后又是自责。再自责，也是伤害了母亲。我知道了：单凭感恩心，克服不了"色难"。

这就是难解的矛盾，这种矛盾困扰了我好长时间。我也知道改变不了母亲，就只能尽量地控制自己，压制自己。可我的忍耐经常达到极限，我的精神也几乎到了崩溃的边缘，实在受不了，我有时就冲出房门，站在院中冲天大喊；有时我的情绪就像是一座活火山，突然间控制不住就喷发出极具杀伤力的熔岩。这不是我的初心，可为什么我的行为时常与心灵发生碰撞、扭曲、纠缠？看着伤心无奈的母亲，自责、愧疚一起敲打着我的灵魂，灵魂被敲打，令我苦不堪言。由于控制不住自己的情绪，这种现象就循环往复地发生。我是深深地爱着母亲的，我的目的就是善待母亲，不仅要让她感受到生活的乐趣，还得让她感受到活着的尊严。那为什么我就不能包容母亲呢？苦苦挣扎之后，我实在感受到了：自我克制的忍耐，也战胜不了"色难"。

2018 年春节过后，我开始着手记录关于陪伴母亲的文字，并将待好母亲视为自己的使命。陪伴母亲，是一个或长或短的过程，并且在这一过程中，遇到的都是以前没经历过的新问题，每一个新问题都需要找到合适的方式方法予以解决。我就想：母亲为什么有这么多我难以接受的"毛病"呢？带着这个问题，我开始思考。我想到了一句话："凡是存在的都是合理的。"据说这句话是德国大哲学家黑格尔说的，但我并不认可。我查阅了翻译过来的文字，是："凡是现实的东西都是合乎理性的。"可我还是感觉这句话有些模糊。经过一番思考，我揣测黑格尔原话的本意，应该是："凡是现实存在的，都必然是有其原因的。"这与我们常说的"因果理论"不谋而合。于是，我就将母亲存在的我不理解、不愿接受的"毛病"作为课题进行探讨研究，分析其产生的原因，找到其必然性，并琢磨出有针对性的应对办法，然后再将这些办法付诸实践。如果效果不好，我就再思考，再琢磨，我相信最后一定能找到适合母亲的行之有效的办法。在这一过程中，每破解一个难题，我都有一点儿提升，有一点儿感悟，有一点儿收获。我深深地感受到只有真正了解老人的身体状况、心理状态及精神需求，才能理解和包容老人，才能心甘情愿地接受老人，才能找到老人能够接受、愿意接受的化解矛盾的方式方法，从而因势利导。我明白了：我不能用自己的标准要求母亲，更不能把自己的认知强加在母亲身上，不能总想去改变母亲，应试着了解、理解、同情、包容母亲；母亲需要的不是我的道理、我的认知，而是我的爱心和我的耐心。这时我已意识到了，从形式上看，是我在陪伴母亲，而从本质上讲，是母亲在启示我，让我思考、给我感悟。这些年，母亲历经了那么多的磨难和坎坷，如此艰难顽强地活着，我觉得这是母亲在成就我、是老天在磨炼我，从而使我脱胎换骨、化茧成蝶。就是这种阿Q精神，使我在陪伴母亲过程中心甘情愿、斗志昂扬，让我对未来充满幻想、充满渴望！偶尔我也想，我应该把母亲给我的感悟升华为唐古拉山涓涓之水，在历史的长河中，在华夏的大地上，一代一代永不枯竭地凝聚、汇集、滋润、流淌……

顾城有一首叫作《留念》的诗，短短的四行，我经常吟诵：

在粗糙的石壁上

画上一丛丛火焰，

让未来能够想起

曾有那样一个冬天。

我把这二十九个字装进心里，就觉得灵魂不空。它就像是一束光，召唤着激励着甚至鞭策着我独辟蹊径。义无反顾地踏着看似平坦实则布满荆棘的原野，因着渴望而追寻梦想，源于使命而奔向远方。

阿Q精神在无所事事时是可悲可笑的，但在艰苦奋斗过程中却是难能可贵的。它对鼓舞人的精神和激发人的斗志，与望梅止渴、画饼充饥一样有着异曲同工之妙。

在陪伴母亲的过程中，我时刻等待甚至期盼母亲在不知不觉中给我出些难题，并对此感兴趣了。此后，我发现不管母亲出现什么问题，我都不用控制自己、压制自己，我可以随心所欲了，但再也没有因为态度不好而伤害过母亲！母亲没变，还是原来的母亲，但她不再生气了，因为不管在什么情况下，我都能心平气和地理解、接受、包容母亲。

心是貌之根，貌随心生；行是心之表，心想事成。了解、理解、包容、深爱则气和，气和则色愉，色愉则容婉，容婉则色悦。

以前我有些好高骛远，不够脚踏实地。现在我明白了：人一旦有了爱心，有了兴趣，有了责任感，有了使命感，那就能内化为精神追求，外化为自觉行动。人到了这个份儿上，就什么都拦不住了，就算是最普通、最平凡的事，也能以苦为乐、津津有味地长久做下去。而且将来终有一天，普通就会变得不普通，平凡就会变得不平凡！

　　我终于找到了梦寐以求的金钥匙，不仅解放了自己，还破解了孔子两千多年前出的那道题——"色难"。

孝之误——强加己愿

前些年个别地方搞城市绿化，怎么搞呢？就是从山上移栽了好多大柞树。结果没过几年，所栽的大柞树经过痛苦挣扎后，绝大部分都死掉了。剩下苟延残喘活着的那些棵，就算打点滴也是无精打采、毫无生机。

我咨询了一位林业技术人员。他说："柞树的生长环境是山地，这么大的树移栽到平地，一般都适应不了。"我不解地问："那为什么还要这么做呢？"他不满地说："未经专业论证，单凭主观愿望盲目地将大柞树强行从山地移栽到平地，严重改变了它的生长环境。这种违背客观规律的行为不仅劳民伤财达不到城市绿化的目的，也是树之殇！"

大柞树在山里时郁郁葱葱、枝繁叶茂，到了平地就无精打采、枝枯叶落，其原因是大柞树的生长环境被严重地改变。由此我想，我们也不应轻易改变老人的生活环境。大柞树的生长与老人的生活似有相通之处。

有这么一种现象，有的人仕途成功或经商发达了，为了对老人尽孝，硬把在农村生活多年的父母接到了城里，让老人住上了高楼大厦，给老人雇了保姆，什么活儿也不用老人干，老人也没什么可干的。他们认为这样老人就高兴了，老人就享福了，老人就可以健康长寿了，自己也算尽孝了。可结果呢？接到城里前，老人健健康康，可到了城里后没过几年，老人却离世了。

为什么会出现这种事与愿违的结果呢？我想其重要原因之一，应该是硬性地改变了老人的生活环境和生活习惯。

老人在农村生活了几十年，他们对自己的房子亲、院子亲、乡邻亲、环境亲……他们在农村已习惯了干些农活儿、串串门、唠唠嗑、养几只鸡鸭的生活，早已和这种环境融为一体了，并且养成了随心所欲的既忙碌又悠闲的生活习惯。可是到了城里住上了高楼大厦，他们无所事事、无人唠嗑、内心空虚、坐立不安……既无适当的活动，也无精神的寄托。这种看似豪华的享受，对习惯了农村生活的老人来讲，往往就是遭罪。老人适应不了，自然身体就垮了。

我就想：有孝心、有条件也不一定就得让习惯了农村生活的老人到城里住高楼大厦。我们不妨试着和老人沟通，征求老人的意见，如果老人不愿意离开自己生活多年的老家，那么我们可以考虑在农村为老人改善居住条件。若如此，我想许多老人就会由衷感到幸福。

杨大哥是我的邻居，他父亲九十岁了，住在距县城六十余里的农村。虽然勉强能自理，但杨大哥牵挂着老人，退休后这两年总是和杨大嫂回农村照料老人。两头跑很辛苦，尤其是冬天，天寒地冻，烧火取暖，夜长昼短，整日不闲。

去年冬天，杨大哥把老人接到了县城的家里。本想这么做每日守着照料老人，老人能幸福，自己也心安。

可是老人上楼后不长时间，就闹腾着要回农村老家生活。杨大哥和杨大嫂认为老人回农村生活遭罪，就不同意老人走，因此与老人产生了矛盾。最后只能是杨大哥妥协，同意老人回农村。

当天晚上，老人就急切地收拾好了自己的东西，天还没亮，他就穿好衣服坐在门口盼黎明、等着出发……

杨大哥和杨大嫂也只能无奈地回到农村照料老人。

杨大哥的弟弟妹妹都很忙，他们看杨大哥在农村照料老人很辛苦，就开了家庭会议，最后一致决定：让老人到杨大哥家养老。

老人坚决不同意，说："你们要让我死吗？"对此，子女都难以理解，并感到委屈。

杨大哥很闹心，就把这事和我说了。

我将不能硬性改变老人生活环境和生活习惯的原因及可能出现的结果和杨大哥分析了一下。杨大哥是退休教师，很明事理，窗户纸一捅就破。听了我的分析之后，他一拍大腿，说："我明白了，以前总认为是老人的毛病，现在知道是我们不对呀。"

杨大哥和杨大嫂就心平气和回农村陪伴照料老人了。

这事已过去两年多了，现在老人仍身体安康！对此，我也由衷感到欣慰。

有个在镇政府当领导的朋友向我诉苦，说父亲八十来岁了，退休金每个月四千多元，不差钱，可老人就爱捡破烂儿，都把捡破烂儿当职业了。他觉得面子很过不去，问我怎么才能制止老人捡破烂儿。我问老人捡多久了，他说好多年了。我给他出道选择题：一、两年后老人还在捡破烂；二、两年后老人不在了。问他怎么选择。他说那当然希望老人活着。我说那就继续让老人捡破烂儿吧。

他问老人在不在和捡破烂儿有什么关系。我说："关系大了。一、老人在活动。对于你家老人而言，只有捡破烂儿他才愿意活动，而适当有规律的活动对老人健康非常有利。二、老人有精神寄托。老人捡破烂儿时间已很长了，哪里有什么东西他都知道。他出去时有希望、有期待、有目标，而捡完回来时，他有收获感、有满足感、有成就感。这些都是他需要而你给不了他的精神支撑。老人若没有适当的活动，没有精神支撑，那身体很快就容易垮掉。你的老人有自己的行为喜好，有自己的精神追求，这是你的福分啊。所以，你不仅应该让他继续捡破烂儿，而且还应当支持他、夸奖他、帮助他，比如提供手套、口罩、工具等。至于捡什么，你可以试着和老人沟通，比如捡些纸壳、易拉罐什么的，不卫生的东西最好不捡。如果这样的话，我想老人是能够接受的。如此，老人一定能幸福、健康、长寿。否则，你强行改变老人多年的生活习惯，对老人相当不利呀。"

这位朋友听了之后，欣然地接受了我的建议。五年过去了，这位老人仍然每天还在快乐地捡着破烂儿。

我谈上述问题，不是说老人就不能进城生活，也不是提倡让老人捡破烂儿，我只是借此说明老人生活多年早已适应的生活环境和多年养成的自己独特的生活习惯是不能轻易硬给改变的，除非老人愿意。我就想，在对待老人问题上，包括方方面面的事，根据不同情况，有时可以心平气和地和老人沟通，有时可以运用智慧说些善意的谎言，有时可以视而不见地顺其自然……我们陪伴老人所做的每一件事，目的都是满足老人的需求，而不是满足我们的需求。因此，我们一定要弄清老人内心的需求是什么，而不能以自我为中心地认为老人需要什么。否则，孝的初心就容易事与愿违，自以为是的好心不如相互尊重的沟通，这是我们应当警惕的。

现实生活中，好多父母与子女矛盾不断，导致亲情变淡，关系疏远。

父母对子女是好心，子女对父母也是好心。为什么两颗好心在某些时候就产生矛盾、发生冲突了呢？

我们小的时候，父母是家长，是家庭事务的管理者。这种状况经历了漫长的岁月，在漫长的岁月中，管理家庭事务的家长的身份在父母的心中早已固定化。当我们成年独立后，事实上，父母和我们的身份都已经发生了转变——父母已由家长变成了老人，而我们也由孩子变成了子女。但好多老人内心不接受这种身份转变的现实，他们总认为我们多大都是孩子，而他们多老都是家长。我们的世界很大，老人的事只是我们世界的一小部分；而老人的世界很小，我们的事却是老人世界的一大部分。他们往往好心地认准一个理："嘴上没毛，办事不牢；不听老人言，吃亏在眼前……"他们挂念我们、担心我们，因此，就愿意管我们的事，而这种管，往往已达到了过分干涉的程度。

年轻时尽量把孩子培养成才，年老时努力保护好自己，这是父母对子女最大的贡献。可好多老人就是不愿意考虑自己的事，成天干涉子女的事，甚至大小便失禁，自己连饭都吃不到嘴里时，还指挥子女做这个事、做那个事，反复地说这个事该怎么办、那个事该怎么办……

有这么一种现象：成年子女离老人越远，则关系越好；越近，则矛盾越多。为什么呢？离得远，接触就少，老人干涉的事就少；离得近，接触就多，老人干涉的事就多。干涉得少则矛盾少，干涉得多则矛盾多。

老人愿意管子女的事，原因是好多老人在认知上有个误区，那就是老人总认为"你（子女）的事就是我（老人）的事"。

父母也好、成年子女也好，因为性格、爱好、经历、思维方式及所处的环境等不同，各自都已形成了独立的人格。虽然是父母子女关系，但在人格上是各自独立而不能合二为一的。父母培养孩子的目标不就是让子女成才吗？孩子成长的目标不也是独立自主吗？但当这一目标实现的时候，有的老人却接受不了这种现实，还是以家长的身份坚持认为"你（子女）的事就是我（老人）的事"。

如果老人这一认知不改变，那么对子女的事在意见有分歧时，常规的思维方式就是：以自我为中心，好心地把自己的意志强加给子女。而子女不愿意接受，故而产生矛盾。

子女不希望老人把意见强加给自己；老人也一样，他们也不希望子女把意见强加给他们。

如果能换位思考，做到自己的事自己做主，不过度干涉对方的事，那矛盾不就避免了吗？其实这就是个认知问题，认清了这个问题，矛盾不仅可以避免，而且是从思想上、心理上能够接受的避免。其实孔子早就告诉我们该怎么做了，那就是"己所不欲，勿施于人"。多么精准的教诲啊！这就是避免矛盾的办法，只是我们平时缺少思考、感悟而已。

谈上述老人存在的问题，并不是说老人就不能参与子女的事了。如果当个参谋，很好；但若偏要当发号施令的主宰，那就是过度干涉了。而这恰恰是让子女最无奈、最烦恼的事。

我分析并指出老人存在的上述问题，也不是试图改变老人，因为老人已很难被改变了，除非老人自己主动改变。既然如此，那为什么还要说呢？原因有二。第一，只有弄清老人管事的原因，才能理解老人，包容老人。第二，我们现在还算年轻，但也终将会变老。当我们变成老人的时候该怎么办？我想这是我们现在应该思考的问题。

孔子说："己所不欲，勿施于人。"我受此言启发而感悟出一个道理，那就是"己之所欲，勿强于人"。如果不敬地和孔子的话对接，那就是"己所不欲，勿施于人；己之所欲，勿强于人"，这已成为了我的人生准则。

孝之本——自珍自爱

以前读过一个故事：他勤劳善良，经过多年努力，让家人过上了好日子。他是个孝顺的儿子、慈爱的父亲、体贴的丈夫。他乐善好施、助人为乐，他谁都关心，唯独不关心他自己，他是个公认的好人。然而，四十多岁的他却突发疾病英年早逝了。

他认为自己生前积德行善，死后一定能上天堂，可是却下了地狱。他很委屈，认为是冤案，就去找阎王评理。阎王带他到一个可以看到人间百态的窗口，让他从窗口往下看。他看到年迈的父母白发苍苍、步履蹒跚地在捡垃圾糊口度日；看到妻子正在烈日下打工，憔悴不堪地干着本应是男人干的粗活儿；看到儿子衣衫褴褛、蓬头垢面地在街头流浪……

看到这一切，他心在滴血。这时阎王说话了："你平时不爱惜自己的身体，因为你的离去，使你的至亲至爱陷入极度痛苦中，在人间过着地狱般的生活，你凭什么进天堂？"

这是一个带有神话色彩的悲剧故事，但它离我们的现实生活远吗？

我有个朋友，小时候和大多数农村孩子一样也是缺吃少穿。但他很有天分，经过多年努力后成了全国有名的"农民画家"。为了创作出更多更好的作品，他勤奋地工作、忘我地奔波，起早贪黑，风餐露宿，饥一顿、饱一顿，冷一顿、热一顿，就是不知道爱惜自己的身体。很遗憾，他在五十五岁的时候，不幸因胃癌去世。他那白发苍苍的老母亲是怎样悲痛啊？这种悲痛无药可医，会让老人一直痛到离开这个世界。

我又想起了一个同学，他高中毕业就开始经商，因头脑灵活，十几年时间生意就风生水起了。但在一次酒局后，他因忽视安全，醉酒驾车发生了交通事故，致高位截瘫、终身残疾。他的父母得怎样揪心呢？

近年媒体报道了多起本科生、硕士生、博士生自杀身亡事件。

我做过多年的律师工作，其间看到好多人因刑事犯罪而锒铛入狱，有的甚至被判处了死刑。

我窥见过老人因子女犯罪而羞于见人的眼神。

我理解老人对残疾子女或狱中子女的牵肠挂肚。

我听过白发人送黑发人撕心裂肺的哀鸣。

我凝视过老人因子女早亡流干泪水失明的眼睛。

这一幕幕悲惨揪心的情景，像黑夜里电闪雷鸣般震撼着我的灵魂，永远留在我的记忆中，深深地刻在我的心坎上。

当初读"身体发肤，受之父母，不敢毁伤，孝之始也"时，我还不以为然，认为掉点儿头发、受点儿皮肉之苦，这与孝不孝有什么关系？再者说了，吃亏才能长见识，我们是平常百姓，又不是公子王孙，哪那么娇气？这些年通过体会、观察、思考、感悟，我才明白"不敢毁伤"的"身体发肤"，指的不是毛发和皮肤，而是生命、健康、名节和自由。《弟子规》云："身有伤，贻亲忧。德有伤，贻亲羞。"这是告诉我们要堂堂正正做人，本本分分做事，要珍惜自己、保护好自己。

身体是行为之本，只有保护好自己，才有能力陪伴老人。要想度人，先得度己。"身体毁伤"，不仅丧失了孝的基础，同时也残忍地给老人带来了无尽的哀愁。

早年上学时，我住在抚顺师专。有一段时间，在宿舍经常隐隐约约地听到后山有一个女人在喊"回来吧，回来——"我很好奇，经过了解得知：是一个中年女人因为孩子在山里意外死亡而疯了。此后，她每天都到山里寻找孩子，不分白天夜晚，不顾刮风下雨，不管酷暑严寒……她别的什么都不知道了，只知道每天呼唤意外早逝的孩子

"回来吧，回来——"

"回来吧，回来——"这揪心的呼唤回荡于山谷，这悲惨的哀鸣透出彻骨之寒！

这个声音已过去了三十余年，每每想起，就像在昨天。

那位母亲后来怎样了呢？我不知道，更不敢想。但她深刻地教育了我。早年在课堂上、在书本里学的理论，有的早已记忆模糊了。但"回来吧，回来——"这撕心裂肺的呼唤，却深深地刻在了我的记忆中，牢牢地钉在了我的心坎上。

"回来吧，回来——"这不仅仅是一位母亲对早逝孩子的呼唤，更是给我们敲响珍惜自己、保护好自己的警钟！

孝之痛——欲养不在

我参加一位九十二岁老人葬礼时，看到他六十多岁的女儿连跺脚带拍棺地恸哭，恸哭中诉说："还未尽孝，怎么就走了？"这种情景虽然感人，但也引起了我对其原因的思考和探究。

孔子借用一个故事，说出了两千多年来家喻户晓广为流传的名言："树欲静而风不止，子欲养而亲不待。"

这句话适合现今的普遍状况吗？

孔子三岁丧父，十七岁丧母，他成年后想孝养父母，但父母早已离世，故而感叹"子欲养而亲不待"。如果用这句话劝勉人们早日尽孝，很好，但它不应成为没尽孝之人的遮羞布。就像我看到的那位六十多岁拍棺痛哭的人，她的老人九十二岁离世，在此情况下，怎么能说"子欲养而亲不待"？还得让老人待到何时？这不是把自己没尽孝的责任推给了老人吗？

谈到老话题"孝"时，绝大多数人都表示应该孝敬老人，同时也流露出渴望对老人尽孝的心声。俗话说"家有一老，胜似一宝"。可现实生活中，"宝"最后怎么在许多子女眼中就变成了避之唯恐不及的"累赘"，变成了不屑一顾的"枯草"？君不见，多少不能自理的老人，最终都无奈地以绝望之心在黑暗寂寞中孤独地远行！

其实，人都是有孝心的（孝是善的表现形式之一），这是与生俱来的。有人说："人之初，性本善。"还有人说："人之初，性本恶。"而我的感受是：人之初，既有善，也有恶。善与恶就好比两颗截然不同的种子，在"人之初"那个阶段都处于隐蔽的沉睡的状态，我们既看不到"善"，也没发现"恶"。随着孩子的成长，随着环境的影响，原始的种子逐渐被唤醒了，发芽了，长大了。"善"的环境能唤醒"善"的种子，"恶"的环境能唤醒"恶"的种子。有什么样的环境，就萌发什么样的种子，就培养什么样的人。"近朱者赤，近墨者黑"，故有"孟母三迁"之佳话。"橘生淮南则为橘，生于淮北则为枳"，于是就"性相近，习相远"了。与生俱来的孝心只有被唤醒，才能转化为孝行。

唤醒孝心的催化剂便是教育，只有教育（家庭教育、学校教育、社会教育、自我教育等）才能唤醒人们沉睡的孝心。教育的本质不是带着某种目的之宣传，也不是水漫金山式的漫灌，更不是"假作真时真亦假"的洗脑和欺骗，而是润物无声地在不知不觉中启发人们向上、向善、向内、利他的心智，培养人独立思考的能力，提高国民的综合素质，从而使人找到自我、了解自我、认识自我，完善自我，并在自我快乐的基础上帮助他人，服务社会。德国哲学家雅斯贝斯说："教育的本质是一棵树摇动另一棵树，一朵云推动另一朵云，一个灵魂唤醒另一个灵魂。"所以，教育的首要任务是唤醒人们内心的善，培养人们的感恩情结，激发国人的家国情怀，而不是一味地让人们为了名利而掌握知识、技能。《弟子规》云："首孝悌，次谨信。泛爱众，而亲仁。有余力，则学文。"这是我们的古训——先教做人，后教做事。否则的话，可能就会"知识越多危害社会越重"。

这些年，某些名校因培养出太多精致利己主义者而饱受诟病。其实，精致利己主义的形成，是把金钱和权力作为人的价值尺度的必然结果。而某些名校只不过是学生的技能出众故而先被注意到罢了。由此看来，我们的教育还有很大的提升空间，任重而道远啊！

父母不是不待，绝大多数老人都是眼巴巴地盼啊盼、待啊待，当他们盼也盼不到、待也待不来、待到待不了的时候，他们无奈地、失落地、伤心地不待了，他们真的是待不了了呀！

用"子欲养而亲不待"这句话自我安慰的人还有一堆理由：工作忙、挣钱忙、应酬忙，甚至连玩都忙……

现实生活中有这么一种现象：刚刚退休的人，他们有时间了，身体也还好，但上有老，老人需要陪伴，下有子女，子女又有子女，子女的子女也需要照料。在这种情况下，他们往往选择照料子女的子女，而将老人或送敬老院，或雇保姆，或让他们孤独地生活。我就想，陪伴老人，这是自己的义务，而照料子女的子女，那是子女的义务。为什么有的人优先选择照料子女的子女呢？因为照料后代是天性，落实天性的东西容易；而陪伴老人是人性，彰显人性的善就有些难。

子欲养，这只是一个想法，老人在时未养，说明没有实施孝养的行为。孝的想法与孝的行为既是咫尺之近，也是万里之遥。没有浓浓的亲情，没有知恩图报的品格，没有吃苦耐劳的精神，没有恒久的毅力，就难以将孝的想法转化为孝的行为。作为我们普通的大众，没有孝行的孝心与没有孝心在结果上并无本质区别。

老人在时欲养而未养，这不是真的欲养；老人不在时触景生情，这时才良心发现，自觉未尽到养老、孝老之义务，愧对生养自己的父母，才真想养。这种真想养的想法是因为老人不在了而产生的，故对这些人而言，不是"子欲养而亲不待"，而是"亲不在了之后子欲养"，但为时已晚，故而痛哭流涕、捶胸顿足。

我偶尔也参加朋友老人的葬礼。对我而言，每一次葬礼，都是对灵魂的一次洗礼。我们总是盲目地认为老人的时间还很长，但将来回头看的时候，才知道那其实很短。老人在时，或许子女不懂得尽孝，而懂得尽孝时，老人却不在了——有些东西一旦遗失，就再也找不回来了。拥有时忽视了珍惜，失去后追悔莫及，这是永远无法弥补的遗憾。

孝不能等，因为等来等去等到的都是悔恨、自责、愧疚。人的生命都有尽头，迟到的孝让两代人遗憾，可它却无声无息地一代一代演绎着。如果能站在老人离开后的角度来审视我们当下的行为，那我们不仅能心平气和地尽好孝，将来也一定能少一些遗憾。回首走过的路，我就想：现在，皆因过去；未来，也必定皆因现在。我们永远处在过去和未来的交界线上，没有努力奋斗的现在，就难有成功理想的未来。我终于明白了：陪伴老人，不仅仅是陪伴老人，包括生活中方方面面的事，最应当珍惜的是承前启后的现在。

今日脱下鞋和袜，明日不知穿不穿。对于老人来讲，时间是残酷的，生命是脆弱的，余生是短暂的，情感是不能伤害的；对于子女而言，孝心应该是醒着的，是滚烫的，是心甘情愿的，孝行是不能等待的。子女应时刻警惕着，因为老人随时都可能离开。时不我待，而不是"亲不待"，不能等到老人离开了之后再感叹"子欲养而亲不待"

呀。为了不让自己悔恨、自责、愧疚，为了老人能够岁月静好、幸福安康，尽孝应该趁老人还在、趁一切还来得及的时候。

孝之安——无怨无悔

人们都认可孝道，但说法不一，做法不同。有的人认为孝道能够说清楚，有的人认为孝道无法讲明白；有的人认为孝道有标准，有的人认为孝道没尺度。可谓：婆说婆合情，公说公有理。

孝道，我认为可以从理论和实践两方面理解。

如果把孝道比喻成一棵大树，那么理论就是树干，它正直、挺拔、伟岸，像山一样巍然屹立，不管风吹浪打，岿然不动，故而能说清楚；而实践则是树枝，它舒展、飘逸、婀娜，遇方则方，遇圆则圆，如水一样莫测变幻，所以永远无法讲明白。故我谈孝道，只说自己所行、所思、所感、所悟，而不妄论他人之短长。

孝道，既是自然之理，也是人伦之规。

从内在的逻辑上看，我认为孝道是由六个要素组成的一个整体，分别是恩、情、孝心、善、顺、道。下面就从承上启下的孝心着手，分析一下它们的内在关系。

孝心是一种放不下老人的牵挂，是油然而生的以老人的快乐为快乐、以老人的哀愁为哀愁的感觉。

每个人对父母都有感恩之情。但只有情动于衷，才能孝现于行。这种情，是发自内心的，是不能自已的，是恒久的；这种行，是主动的，是追求的，是喷发式的。所以，情，才是孝心的种子、孝心的源泉。

情又源自何处？

父母对子女有养育之恩，这种大恩是持续性的，是单向的。在这一过程中，子女不知不觉地就对父母产生了浓浓的情。子女对父母的情，源自养育之恩。

再从孝心往下排。有了孝心，自然就转化为孝行。孝怎么行呢？这就涉及了方式方法的问题。古人云"善事父母为孝"，先贤的一个"善"字，道出了行孝的所有奥妙，其智慧光芒穿透历史，思想价值跨越时空。孝是纲，善是目，纲举目张，孝存善扬。每个老人都有与众不同的特殊性，因此，行孝的方式方法也没有标准，应因人而异，因需而为。能够找到恰到好处的方式方法，这种智慧就是古人说的"善事父母"的"善"。它源于孝心。

关于"顺"的问题。

有人认为顺就是一味地听父母的话，是愚孝，是传统文化的糟粕；也有人极力地弘扬顺，但却说不出令人信服的所以然。前者导致了顺饱受诟病，后者使人们对顺感到茫然。

我对顺这个问题思考了很久，但至今还没有找到自己满意的答案。前面讲了一系列的故事。有时我也想：当初母亲不愿意搓苞米，嫌累，但最终我还是让她搓了那么多的苞米。针对搓苞米这件事，你说我是顺还是没顺呢？母亲不让买八块钱一斤的苹果，嫌贵，后来还是买了。我说："这是在路边买的，两块钱一斤。"她一听，就笑着说："值。"针对买苹果这件事，你说我是顺还是没顺呢？母亲最烦撒谎，而我却撒了那么多使她快乐、欣慰、自豪的谎。针对撒谎这件事，你说我是顺还是没顺呢？聪明的读者，我相信你内心已有了自己的答案。

针对高龄老人，我对顺有个粗略的、尚待商榷的认知：与老人意见有分歧之时，我们要运用智慧，通过一种策略、一种方法，造出一种"势"，"势"成之后，顺"势"而为。比如我在前篇中讲的一系列让母亲活动的故事，其实这些故事都是在游戏中完成的。在做游戏过程中，我投其所好地将看似不可能变为可能，并始终把握一个原则，那就是：适可而止，见好就收。既让母亲活动了，又没累着她；既引起母亲的兴趣，又让她天天都有期待。这就为下次做游戏打好了伏笔，做好了铺垫。再比如，我对母亲说了那么多善意的谎言，这些谎言也都实现了我设定的目标。但撒谎，是不得已而为之，得慎用。我和母亲说的那些谎言，都有其历史的背景和现实的原因，都是在我的诱导下，我们俩一环套一环地共同得出的结论，都有其内在的逻辑性，绝非信口雌黄。否则的话，一旦谎言露馅儿，那必定适得其反，南辕北辙，弄巧成拙。

只有找到了恰到好处的方式方法，才能做到顺。顺是智慧的孝行，是在善的基础上孕育出的五彩缤纷的花朵。这些花朵，不是催生的，而是自然的；不是压抑的，而是欢快的；不是扭曲的，而是绽放的；不是违心的，而是愉悦的；不是任性的，而是智慧的……

顺，像水一样地遇方则方遇圆则圆，源于善。故古人云："上善若水。"

如果能心平气和地做到顺了，那不知不觉地就能悟出好多只能意会不可言传的人生奥妙——这就达到了道的境界，就明白了孔子说的"夫孝，德之本也，教之所由生也"的含义。

所谓"善有善报"和"得道者昌"都是一种因果。这种因，是内心遵循了人性和自然规律，这种果，是愉悦了精神而身心健康，同时也避免了来自外部的种种祸患。比如，遵纪守法是因，没有牢狱之灾是果；遵守交通规则是因，不易出车祸是果；爱惜身体是因，健康长寿是果；保护好环境是因，风调雨顺是果……因果因果，因果交错，因中有因，果中有果，因是前一个因的果，果是后一个果的因。懂得了这个道理，我们就明白了善有善报的"报"和得道者昌的"昌"，这都是自身修为的结果，绝非"郭巨埋儿"那样的"掘土得金"。

在孝道的六个要素中，恩是土壤，情是种子，孝心是树根，善是树干，顺是枝条和花朵，道是果实。其关系是：恩生情，情生孝心，孝心生善，善生顺，顺生道。恩是客观存在的，情、孝心、善是内在的心理活动，顺是在此基础上行孝的具体表现形式，而道是结果，是思想的升华。这是一个自然形成的螺旋式的发展过程，也是因果演变的过程，每个环节都需要细细地品味，都需要慢慢地咀嚼。只有如此，才能推己及人，才能发自内心地践行"老吾老以及人之老"。这是孝道的内在逻辑，但它也不可避免地受到外部环境的影响。

孝不能坐论，道不可空谈。理论的作用是指导实践，任何理论的精髓都应该是使复杂的问题简单化，简单的问题可行化。只有深入实践，才能检验理论，才可能创造理论。也只有在正确理论的指导下，实践才能有条不紊，才可能事半功倍。理论离开实践，是无源之水；实践离开理论，是盲人摸象。只有理论和实践的紧密结合，才能达到"知行合一"及"学而时习之，不亦说乎"的境界。

在陪伴母亲过程中，我解决问题的主要方式还是"摸着石头过河"——先行后知。因为可以借鉴的、接地气的东西太多了。这也是我写这本书的原因之一。

我多次提到"陪伴老人的目的是满足老人的需求"。但这只是针对陪伴过程中各个具体行为而言的。满足了老人的需求，他们就能感受到幸福，这种幸福感往往能衍生出安康和长寿。老人幸福安康长寿，这恰恰是我们追求的终极目标。所以，满足老人的需求和满足我们的需求是一致的。

形式主义害死人，实践是检验理论的标准。我们不能只是期盼、祝愿老人幸福、安康、长寿，而应当通过自己实实在在的孝行，为老人创造幸福、安康、长寿的客观条件。我们不仅要仰望星空，更要脚踏实地。

通过十多年的实践，我就想：孝，不仅仅是偶尔带些东西回家看看老人，或每年陪老人旅一次游，或为老人办寿，或为老人一次性建房……虽然这些也是老人需要的。孝在于保护好自己，并堂堂正正做人，本本分分做事，不让老人操心。对于不能自理的老人，孝在于将孝敬老人视为自己义不容辞的义务，在于心系老人，在于想孝敬老人，在于会孝敬老人，在于能长期孝敬好老人，在于了解老人，在于理解老人，在于包容老人，在于和颜悦色地顺着老人，在于像关爱自己的孩子一样关爱老人……在于日积月累，在于水滴石穿。

孝，其实很简单，它就在我们的心里，就在我们点点滴滴的行为中。只要真心想孝，就一定能孝，就一定会孝。虽然方式方法不同，但万变不离其宗。

做任何事情都一样，靠的不是心血来潮的豪言壮语，而是长期默默的脚踏实地；不是"三天打鱼两天晒网"的心猿意马，而是咬定目标不放松的坚忍不拔；不是不顾身体被动的蛮干苦干，而是心向往之的实干巧干。梦想既是现实的也是渺茫的。如果能够以坚定的意志为实现梦想而努力，那么梦想往往就是现实的；否则的话，梦想可能就是渺茫的。苦心人天不负，如果努力配得上梦想，那么梦想就绝不会辜负努力。

精诚所至，金石为开，我相信心诚则灵。我就想，爱是力量的源泉，只要子女的孝心是醒着的、是滚烫的、是心甘情愿的，那就一定能找到适合于老人的行孝办法，从而做一个使老人外安其身、内安其心、老有所依、老有所乐的无怨无悔的善事父母者。

孝之祭——解放自己

民间有个习俗——上坟。以前我也多次上过坟,每次上坟的时候,都是在一种神秘的氛围中,虔诚地带着怀念带着追思。但并不知道上坟的目的和意义是什么。

我曾请教过一位研究传统文化的老师。他告诉我:"上坟是尽孝的一种方式。"我问:"人都没了,还能尽孝吗?"他说:"上供、送花等,这是给已故的老人送钱、送物,能让他们在'那边'生活得更好。这不仅是尽孝,还能让他们保佑庇护我们,否则的话,我们就不走运。"针对这种说法,我是既怀疑却又无以辩驳。

2022年农历十月初一,这天是传统的"寒衣节",也是母亲离开后的第一个"寒衣节"。我把母亲的棉衣包了两大包拿到了坟地。每拿出一件衣服时,我眼前都能浮现出母亲穿这件衣服的情景,都能想起母亲与这件衣服的故事,我有些不舍,感觉哪件衣服都亲切,都有母亲的气息,都有我们的故事,我忍着一种无奈,恋恋不舍地把衣服都放在了母亲的坟头。

过了一段时间，我渐渐地从思念悲伤的情绪中拔了出来。

母亲离开之后，我一看到母亲的衣服，就睹物思人。想起母亲，就失落悲伤。今后看到母亲遗物的机会少了，悲伤也就少了，渐渐地就能正常生活了。

我开始思考上坟。

老人的遗物，最多的就是衣服。这些衣服既不宜久留，又不忍随意地丢弃。而"寒衣节"，恰恰给我们找到了处置这些衣物的最好的方式和最好的理由。

但上供、送花等与送衣服不同。因为纸和花及供品不是遗物，这些东西都是为了上坟而买的。其意义又何在呢？

回想自己的经历与感受，我觉得对已故的亲人有一种思念，这种思念一点儿一点儿在心中积累，积累到一定程度，内心就承受不了。而通过上坟，这种思念的情感就有了承接的载体。或许这才是上坟的意义所在吧。

每年上坟的时间是：春节、清明、农历七月十五、农历十月初一，间隔的时间基本相同。这是对思念已故亲人的情感释放在时间上的合理安排，绝非偶然。

我大吃一惊：先人真是用心良苦啊！而之前的我，却糊里糊涂、自以为是地把这看成了迷信。

我终于对上坟有了自己的认知：上坟不仅仅是为了已故的亲人，更是为了我们活着的人能够正常地生活。

即将步入老年的感悟

我不知道人为什么要出生，或许这就是一个偶然。活着，只是偶然后的一个修行过程，这个过程或长或短都有终点。

而在这个过程中，我感觉自己是有使命的，而这一使命的完成需要母亲给我感悟。所以，母亲也是有使命的，也就是说，是我和母亲有着共同的使命。或许是为了完成共同的使命，今生我们有缘成了娘儿俩。

冥冥之中，既有定数，也有变数。尚未脱俗的我，一叶障目，难以看穿，故心中千千之结，越捋越乱。

深邃的夜，近而遥远。繁星点点，或朦胧或璀璨，都一眨一眨的，既似在诉说那些留不住悄然逝去的过去，也像在告知必将到来我尚不知晓的未来。

走过的路，渐行渐远。蓦然回首，方知岁月悠悠、时光荏苒。与母亲朝夕相伴的日子，刻于心，现于梦，亦真亦幻。唉，俱往矣，无力回天！母亲给我的人生感悟，油然而生于内心，不能自已于笔尖——千言万语、万语千言，如奔腾之野马，似喷发的熔岩……如此如此，皆因与母亲那放不下、琢磨不透，也割舍不了的缘！

我本愚钝，天命之年，仍困惑于人世之情缘：撇不开，捺不住，心神不宁，坐卧不安，难眠夜夜，夜夜难眠。下了眉头上心头，一江春水向东流。现如今，凄凄惨惨，丢了来处；寻寻觅觅，只剩归途。

未来的路，或长或短，或窄或宽，或荆棘或平坦，或孤单或相伴，或风风火火，或平平淡淡……觉悟之门何时敲响？修行之路又在何方？迷茫，迷茫！

切记切记：不管是风轻云淡或"直下三千尺"的惬意与冲刷，也不管是电闪雷鸣或"离天三尺三"的惊魂与潇洒，都要保护好每根肋骨——每根肋骨都是日夜守护着心灵的栅栏！因为，因为那里，那里珍藏着，珍藏着我和母亲约定好的——缘。

母亲的衰老有一个过程：在身体方面，拄棍蹒跚行走，生活勉强自理；搀扶缓慢行走，部分生活能自理；不能行走，生活不能自理。在心理方面，由独立变得依赖，甚至依赖得一会儿都离不开我；在智力方面，由理性转变为感性，由感性转变为糊涂……这也可能是绝大多数老人必经的过程。

母亲是我的好妈妈，在我成长阶段，她既是我的天，也是我的地，既温暖着我，也滋润着我。在晚年，邻里都说我母亲有福，其实我知道母亲也很苦。

母亲的苦，不仅是因为父亲早逝、二哥早亡，还因为她进入老年之后，没有完成由家长到老人的角色转换。这给母亲带来了她自己都意识不到的长久的伤害，也给我带来了很多的烦恼和无奈。曾经好长时间，我试图改变母亲爱管事的习惯，结果我俩就像碟子和碗，磕磕碰碰，时有矛盾。母亲是家长她得管事，这种观念在她心中根深蒂固。其实我内心也知道，母亲管事也是为我好，但她没搞清楚老年人的任务是静心地养老，更意识不到她的这种好心能给子女增添多少烦恼。我曾跟母亲说："你的事按你的意见办，公共的事也按你的意见办，我的事你不管，行不？"母亲说："儿大不由娘，你想夺权造反？"真是生命不息管事不止啊！我很无奈，只能选择"山不走到我这里来，我就到它那里去"。此后我就不再努力改变母亲了，因为我知道我改变不了她，这把年纪了，她自己也无法再改变。

是因为没能完成角色转换而导致母亲愿意管事，抑或是因为愿意管事而导致母亲没有完成角色转换，到现在我都不知哪个是原因哪个是结果。但这种现象引发了我的思考和警觉，我不仅思考母亲，也在通过思考母亲而提醒自己。

由于没有完成角色转换，母亲始终以家长的身份自居。

九十多岁不能自理，但母亲仍有一个明显的特点，那就是不考虑自己的事（比如自己需求什么、哪儿不舒服），成天好心地管我的事。她这样做多累心呀，往往还费力不讨好。前些年，我是既不理解母亲也可怜母亲。在找到破解"色难"的金钥匙之后，我很容易就能心平气和地顺着母亲了，对我而言，母亲自然就当上了金口玉牙的"皇帝"。

现在想来，母亲的确是有一些"毛病"的，这些"毛病"是和她经历、认知、性格、身体状况等有关的。我就想，在母亲风烛残年之时，我不应该因这些"毛病"而抱怨，这更不是我不善待母亲的借口，就像国家存在着这样或那样的问题，但我们不能因为这些问题的存在而不热爱自己的祖国吧。

母亲虽然当上了"皇帝"，但却很少能做自己感兴趣的事，因而我总认为母亲并不是很幸福。因为幸福是发自内心的，而母亲所得到的往往是来自外部的种种满足。

老人是否幸福，很大程度上取决于和子女关系是否和谐，而这种和谐是双向的。子女独立后，老人和子女的关系，应该既是"合二为一"，也是"一分为二"的，既不要缺位也不要越位。在这种关系中，虽然子女起主导作用，可老人的作用也不可忽视。从情感上讲，子女内心都有孝敬老人的良好愿望。老来难，长期陪伴孝敬好老人，子女也不容易，换位思考，互相体谅。如果老人总是管事、唠叨、抱怨，子女往往承受不了，这很容易吓跑子女。两代人在认知上有鸿沟，而鸿沟上面的桥需要双方共同搭建。有了这座桥梁，老人欢颜，子女心安，家庭和谐，幸福美满。

我经常提醒自己，将来的老年生活应该是这样：

一、不奢望长寿，要追求健康。

步入老年，生理机能的老化不可避免。谁也改变不了这种趋势，但却可以把这种趋势延缓。为什么有的人还未退休就变成了老头？而有的人七八十岁了，看着却像是有着五六十岁的精神和容颜？这里既有先天的原因，也有后天的影响。先天的原因我们无法改变，而后天的影响完全掌握在自己手中。我可以不考虑长寿，但要努力追求健康。健康有个伴侣，名字叫长寿，追求健康的结果，必定是在健康中长寿，在长寿中健康。

二、完成角色转换，构建和谐桥梁。

孩子小时，我是家长。孩子长大成人，我就变成了老人。每个年龄阶段都有这个年龄阶段的使命：少年时忙着成长，青年时忙着奋斗，中年时忙着养家，老年时忙着健康，就像是春生、夏长、秋收、冬藏。自然规律改不了，人的生活也是一样。我现在就应做好心理准备，将来必须自我完成角色转换。到老年时，我要多考虑自己的事，少干涉子女的事，子女已化茧成蝶，为什么不让他们自由地飞翔？我得警钟长鸣，千万不要好心地给子女帮倒忙。若如此，两代人之间就容易搭建和谐的桥梁。

三、不拒绝子女的孝心，也不把幸福都寄托在子女身上。

孩子长大成人之后，家长的任务已经完成。其实绝大多数子女都有孝心，他们内心是牵挂老人的。在条件允许的情况下，他们对老人尽孝也是应该的。老人接受子女的孝心，对子女而言，既是情感需求，也是一种心理安慰。所以对子女的孝心，我要欣然地接受。

有人说："指儿不养娘。"我想"儿不养娘"现象的主要原因有三种：一是子女极度自私自利，无孝心可言。比如，自己花天酒地却对需要照顾的老人不闻不问、不管不顾。二是子女有孝心，但客观条件太难了。比如，生活条件困难，自顾不暇，既无经济条件，也因在外奔波而没有时间。三是子女有孝心有条件孝敬老人，但却受不了老人的爱管事和唠叨，于是就无奈地选择远离。我曾经就有过这种想法，好在我没这么做。

父母和子女之间应该还有另一种关系：朋友关系。从父母子女关系而言，当老人有需要时，子女应该对老人尽孝。从朋友关系而言，老人也应该尊重子女。如果老人把自己的幸福都寄托在子女身上，那就必然过度地关注子女的事，不仅仅是关注，而且不知不觉地就总要干涉，总要唠叨，这就容易破坏朋友关系。老人的爱管事和唠叨，就像是一张无形的网，子女被束缚得受不了，往往就要破网而出，选择逃离。人就是这样，你越想控制他，他就离你越远，而你给他自由，他就愿意留在你的身边。

我就想，当我步入老年，我要自己寻找兴趣之乐、助人之乐、与人之乐、自然之乐、健康之乐。若如此，那我就一定有了天伦之乐。

四、顺其自然，随遇而安。

人的生命其实很短，似乎昨日还是少年，今天却已白头。人的衰老不仅仅是因为年龄的增大，更重要的是因为经历过痛苦、磨难、迷茫后对生活的厌倦和绝望。回顾走过的路，想想不如意的十之八九，豁然明白，原来东奔西走忙忙碌碌竭力想去改变的不是别人，而是我自己。这样想来，就感觉社会并不复杂，生活也很简单。

最奇妙的是缘：如意是缘，不如意也是缘；聚是缘，散也是缘；得是缘，失也是缘；健康是缘，病痛也是缘……一切到来的都是缘。

当我步入老年，要随缘顺缘。有缘才相聚，来的都是客：如意是客，不如意是客；幸福是客，痛苦是客；健康是客，病魔也是客……我要学会和它们交朋友，与它们和谐共舞。我接纳它们、善待它们，它们就会把我当朋友，就容易与我和睦相处；我厌恶它们、排斥它们，它们就会把我当敌人，就必然得和我发生冲突。多一个朋友多一条路，多一个敌人多一堵墙。是朋友还是敌人，不取决于对方，而取决于我抱着什么态度。有缘的终将到来，它来时我要出门相迎；缘尽的必将离去，它走时我应惜别相送。我曾有过沾沾自喜的辉煌，也经历过苦不堪言的沮丧。人生啊，幸运往往由磨难中萌生，而痛苦也常常在幸运中酝酿；当初的忧伤可能是今天的幸福，今天的幸福也可能正是明天的惆怅。浮沉过后，现在终于懂了：欲无止境，平淡为真；量力而行，平安是福。今后我所努力追求的，应该是不烦不躁，不妒不攀，知足常乐，宁静致远，顺其自然，随遇而安。

其实，人生都是在品尝酸甜苦辣咸，区别就在于是否品尝得津津有味。

五、自娱自乐，创建自己的天堂。

当我步入老年，千万要记得将重心转移到自己的生活上，要发现自己的兴趣，培养自己的兴趣，做自己感兴趣的事。步入老年，不用再按部就班地工作了，那时就有了大把的时间，我要把它变成实现兴趣、目标和新追求的起点。因为能做自己感兴趣的事，身体就忙碌起来，生活就有了追求，精神就有了寄托，同时内心也一定会感觉自豪和欣慰。若如此，哪还能整天无聊地干涉子女的事并对子女唠叨？人最怕闲，闲是无所事事，使人心烦意乱，让人坐卧不安。闲的原因，就是没有自己感兴趣的事可做。

有人把幸福定义为不断追求，把不幸定义为享受和占有。我也注意到一个现象，在兴趣中忙碌着追求的人，他们不仅健康长寿，而且精神上也快乐逍遥。忙是长寿丹，忙是开心果，在兴趣中忙着，忙在兴趣中，这就是天堂般的生活。我明白了：天堂原来就这么简单，自己是可以创建的。

老不老，年龄大小不是尺度，健康状况才是标准。

年轻时的奋斗目标是"把有限的生命投入到无限的为人民服务中去"；而老了之后的生活追求，应该是把余生用在做自己感兴趣的事上来。不给别人添乱，这其实就是做贡献。

当步入老年时，我所做的一切，应该是保护好自己的身体而快乐地活着。自己健康快乐，就不会给别人增添负担。我要把自己的幸福健康作为最后的礼物，送给我的女儿——阳阳。

后　记

在陪伴母亲——现在想来也是母亲陪伴我的过程中，因一些情景的刺激和感染，我时有情感喷发，偶有感悟闪现，那就是一种特殊的感觉。这种感觉持续的时间很短，很快就从我身体里蒸发了，随风飘散。如果都飘散了也行，却偏偏在心里留下那么一点儿。它很不安地躁动着，让我忘不掉又想不起，既觉得有还说不出。这种如鲠在喉的感觉，经常是藕断丝连地纠缠着我。

终于想到了解决这个问题的办法，那就是把稍纵即逝的特殊情感和感悟及时地记录下来。在记录的时候，我既感到了心潮的澎湃，又觉得心头像火一样在燃烧。此后，我的床头、桌上、兜里都准备了笔和纸。有人告诉我，喷发的情感和闪烁的感悟，那叫"灵感"，及时地记录，就是捕捉了"灵感"。但事后品味时，觉得似乎还有缺憾。我捕捉到的"灵感"，就像是鲜花缺了绿叶，筋骨少了血肉，于是就把情感喷发、感悟闪现的原因和背景也记录了。这么做了之后，不但一吐为快不受折磨了，我还能随时很投入地品味和享受那种情感、那种感悟。

情感是不宜长期憋在心里的，就像种子，它不仅要扎根，还要发芽，还得长出来。否则的话，埋在土里时间长了，就容易变质。对于那些澎湃着的真情实感，同样要找到一种释放的方式，不然的话，实在承受不了啊。而我的方式就是把情感化作文字，让它流淌到纸上，以此让我躁动的心灵得到平静和解脱。

随着时光的流逝，母亲一点儿一点儿地变老。她把衰老过程的每个细节都淋漓尽致地展现在我的面前，极力地通过演绎一系列的故事让我思考和感悟。当我完成了由被动到主动、由感性到理性、由起草文字到初稿形成这一蜕变过程后，母亲似乎已完成了使命，油干灯灭，安然离世。

我有个朋友，是学中文的，早年当过中学语文教师，后转入机关，做过多年的领导工作。2022 年他回来时，我把这些文字材料让他看了。他说看时深受感染，看后由衷惊叹。他告诉我当今社会急需这样的书籍，并建议系统整理一下，争取出版。

出版书籍，那是文人的事，对我而言，应该是遥不可及的。当初，我主观上并没想写什么，也没有能力和勇气写东西，是心中的情感和感悟憋得我实在受不了，是不得不写。虽然这期间我也读了一些书，甚至学时如饥似渴，写时废寝忘食。但我总觉得是在被"逼"没有办法的情况下写出来的。准确地讲，我不是写作，而是对陪伴母亲过程中的点点滴滴，用心灵去体味，用情感来诉说。

朋友还告诉我："这些文字材料可不是轻易能写出来的，没有长期丰富的生活体验及深刻的思考和灵动的感悟，谁也难以写出这样的文字。纯朴、真实、独特，源自生活，拙中带巧，既闪烁出人性智慧之美，也散发着泥土本真之香。这与其说是你写的文字，不如说是你灵魂的呼唤——它能唤醒沉睡着的人。"

能写出关于孝道的书籍，对于从未写过作品的我而言，应该是不敢奢望的，更难以成功。但我不仅写出来了，而且还是"得来全不费工夫"地写出来了。对此，我也感觉奇怪，就回想这些文字材料形成的过程。这些文字都是在母亲身边默默地生成，慢慢地积淀，汩汩地流淌出来的，都和母亲有关，部分内容是一边观察着母亲一边写的。母亲不仅生我、养我、教育我，还在她生命的最后阶段，竭尽全力地化神奇于无形，巧妙地用各种独特的方式，潜移默化地让我思考、给我感悟，从而帮助我将十多年的生活体验转化成了生命体验。如果没有母亲的启示，那我是一点儿也写不出来呀！我懂了，文字是我写的，但文字的灵魂是母亲给的，是母亲给了我特殊的礼物啊！而我只是被动地把礼物归纳整理了一下而已。

我恍然大悟。这时才真正明白了母亲顽强活着的良苦用意。

我越来越觉得对母亲的陪护是本分的，是有形的，而母亲给我的礼物是意外的，是无价的。

当初一念之间选择了陪伴，结果却出乎意料，是母亲成就了我呀！

母亲为什么要给我这么珍贵的礼物呢？猛然想起那位朋友说的话："社会需要。"既然是社会需要，我想母亲应该是给社会、给众生的。而我，只是母亲的信使。由此而言，本书的幕后作者应该是我的母亲。

母亲给社会、给众生的礼物，我不能私存，应秉承母亲的意愿将它献给社会、献给众生。母亲就像是一颗燃烧了自己的火种，不仅点亮了我，还让我去温暖他人。

母亲给我的启发、母亲给我的思考、母亲给我的感悟，在我心中慢慢地沉淀着，终于结晶成了系统性的文字。我没有辜负母亲的良苦用心，没有辜负母亲的殷殷期盼。可当我把母亲的心血转化为成果之时，母亲却不在了。如果母亲能看到这本书，那她得多高兴啊！唉……

文字材料要是变成书，那它得有个名。我本想将书名定为《母亲的礼物》，这既符合实际情况，也是我内心的情感需求。但这个书名很难让人准确地联想到书的内容，故只能退而求其次，带着少许的遗憾，将书名定为《陪伴》。

母亲的礼物

我收到包礼物，
层层剥开后
惊讶地发现
那是母亲的期盼。

时光悄悄地走了，
留下太阳和月亮。
太阳说离合的故事，
月亮诉圆缺之情感。

我把礼物
镶入不朽的字符，
将字符
钻木取火般点燃。

那燃烧的字符啊，
愿你的光和热，

永远温暖着

母亲来过的人间。

谨以此书，感激、怀念我那平凡而伟大的母亲。